じきしん
いのちの物語

はじめに

神戸新聞記者　木村 信行

あの日、あの瞬間のことをよく覚えている。２０２０年2月14日の昼下がりだった。中国から世界に拡大していた新型コロナウイルスがじわりと日本にも忍び寄っていた時期だ。

当時、神戸新聞の明石総局デスクだった私は、翌日の明石版で使う記事にめどがたち、ほっと一息ついていた。

電話が鳴った。出ると、「じきしん」こと小川直心君の母、優里さんだった。

「今、お仕事大丈夫ですか?」。いつもの明るい声なのだが、わずかにトーンが違う。その瞬間、〝先送りしていた覚悟〟を今、求められるかもしれないと身構えた。

「じきしん、死んじゃいました」

え――。私は電話口で大声を上げた。やっぱりか、という思いを否定したかったのかもしれない。

甘かった。油断した。小学2年生のときの交通事故をきっかけに「脳死に近い状態」と医者に告げられ、動くこともできないじきしんだったけど、「彼なら生きる」と思い込んでいた。実際、年を重ねるごとに元気になっていた。もしかして、本当に目を覚ます日が来るのではないか。そう思わせる力が、じきしんにはあった。

じきしんと私が出会うきっかけは、優里さんが「天国のじきさんと、この本を読んでくださった方々へ」の中で触れてくれている。ここでは、初めて会った日のことを書くにとどめたい。

明石市立中崎小学校の図工教室で、授業を受ける2人の様子を見た。障害のある人への取材経験は少なくなかったが、クラスメートや優里さんと2時間ほど話しただけで、「これはよくある障害者の取材にはならないな」と予感した。

というのも、クラスメートとのやりとりを見ていて、じきしんが「助けてもらう」側にまったく位置づけられていないことに気づいたからだ。なんだこれは？出会って早々、好奇心の塊になってしまった。

会社に戻るとすぐに、次のようなスケッチ風のメモを書いた。

小川直心君はこんこんと眠り続けている。こんこんこんこん——と1000日間、まるで眠りの森の王子のように。小学2年生のときに交通事故にあってからずっとだ。だけど、大好きなお母さんの力も借りて、二人三脚でしっかり生きている。仲間も大勢いる。だから直心は、きょうもあすも生きる。

「眠りの森のじきしん」という新聞連載のタイトル案も、このとき自然と浮かんでいた。

2人の日常にできるだけ近づき、現在進行形で起きている不思議な物語をゆっくり書き進めよう。そうのんびり構えていた。

そのじきしんが、死んでしまった。

じきしん　いのちの物語　もくじ

小川直心君

脳死に近い状態
みんなを笑顔に　直心《じきしん》の奇跡

■話せない動けない、だけど輝いていた

明石市立中崎小学校の6年2組に小川直心《じきしん》君という男の子がいた。私たちは今、彼の物語をつづろうとしている。

直心君は小学2年生のとき交通事故に遭い、「脳死に近い状態」と診断された。それでも3年生の秋に復学し、学校に通い続けた。それだけではない。ミュージカル、ブラジルの格闘技カポエイラ、マラソン、気球、海水浴、乗馬。母親の優里さん（45）と二人三脚で、いくつもの新しいことに挑戦した。

直心君を支えようとして集まった多くの人たちは、いつしか自分が直心君に励まされ、力をもらっていることに気づいた。

そんな人たちを、優里さんはおどけて「じきしんに毒された人」と呼んだ。

小川直心君の葬儀は「旅立ちの祭典」と銘打たれ、
650人が駆け付けた

話すことはおろか、目を開けることも、自分で息をすることもできない直心君の周りには、いつも笑い声があふれ、強く生きようとするエネルギーを受け取ることができた。

それは「じきしんの奇跡」とでも言うべき光景だった。

その直心君が２０２０年2月13日夕方、ドクターヘリで救急搬送された兵庫県災害医療センター（神戸市中央区）で亡くなった。交通事故に遭ってから１４９８日がたっていた。待ちに待った中崎小学校の卒業式が目前だったのに。

佐伯和樹校長（60）は、直心君が車いすに乗ったまま壇上で卒業証書を受け取れるように、体育館の真ん中に、まるで滑走路のように長さ13メートルものスロープを作る準備を進めていた。

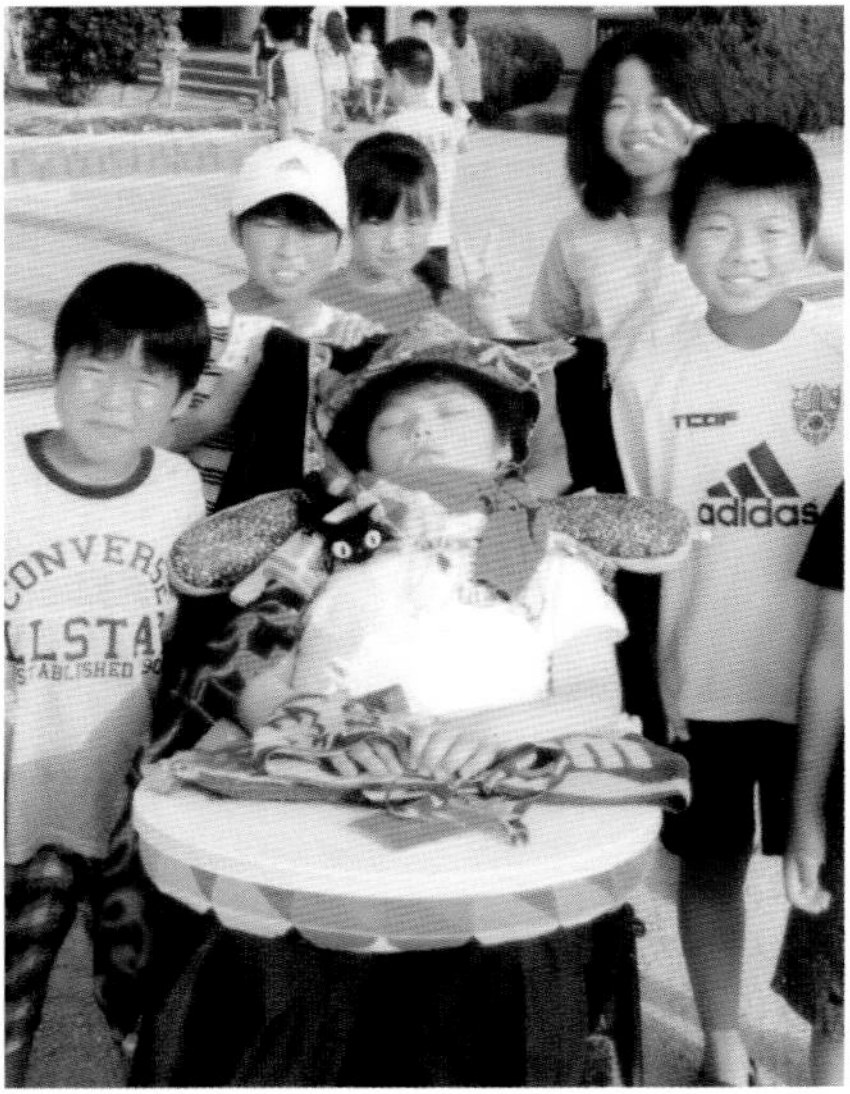

友だちと

卒業式後には、6年生と保護者が、じきしんを主役にしたイベントを企画していた。彼を中心にすえた学校づくりをみんなが受け入れ、楽しんだ。

この計画は、じきしんが亡くなり、新型コロナウイルスの感染拡大で卒業式が縮小されることになった今も、予定を変えていない。

私たちも1年半前から少しずつ取材を進めていた。

もちろん、力強く生きる直心君の姿を伝えるためだ。「脳死に近い状態」と診断されながら、医学的な定義なんて意に介さないかのように、周囲の人を元気にする不思議な男の子の姿を伝えるためだ。


その直心君が死んでしまった。人工呼吸器の管が外され、すっきりした彼の額、目、鼻、頬、唇に触れた。そもそも元気な直心君とは一度も話をしたことがないのに（それでも、何日も語り明かしたかのような気にさせるのが彼の力）、もう二度と会話をすることができなくなってしまった。

その顔は、死ぬことを断固として決意したかのような冷たさだった。「めちゃ男前でしょ」と優里さんは笑った。

優里さんは直心君が亡くなった翌日、中崎小学校に向かい、1年生から6年生まですべてのクラスを回って息子の死を伝えた。

「みんなが笑ったり、触ったりしてくれたから、じきしんは本当に楽しかったです。じきしんからは何も話せなかったし、動くこともできなかったけど、みんながいてくれたから、キラキラ輝いていました。そして、じきしんより自由なみんなは、もっともっと輝けると思います。私たちはこれからもみんなを応援していきます」

「じきしんは、本当に生ききったと思います。みんな、本当にありがとう」

いつも周りの人に精いっぱいの感謝を伝え、笑った顔しか見せたことがない優里さんが泣いている。

子どもたちにとっても、私たちにとっても、直心君がそばにいない、たった一人の優里さんを見るのはその時が初めてだった。

私たちは書かなくてはならない。死ではなく、生そのものの物語を。「じきしんに毒された人」の一人として、力強く生きた彼の姿を伝えるために。

お通夜週間

最後のお別れ、すべての人と

■7日間自宅開放。24時間会いに来てOK

じきしんが亡くなったのは4日前だ。今、冷たくなった彼のそばでこの原稿を書いている。

突然の知らせで途方に暮れていたら、「僕の顔を見ながら書けば、なんとかなるんじゃないの」というじきしんの声が聞こえた気がしたからだ。

甘えて、そうすることにした。幸い(この表現がふさわしいとは思えないけれど)、じきしんはいつもと同じように、ベッドの上でこんこんと眠り続けている。違うのは、すでに心臓が止まっていて、人工呼吸器を外していることだけだ。

「脳死に近い状態」のまま14988日を生き抜き、中崎小の卒業を目前にした

2人だけの時間。人工呼吸器は外されている

2月13日に亡くなった小川直心君。

通常なら翌日には通夜、その翌日には葬儀・告別式となるのだが、それではあまりに急すぎて、最後のお別れができない人が出てしまう。

「それは嫌。じきしんを好きになってくれたすべての人がお別れできるようにしたい」。それが母、優里さんの考えだった。

エンバーミングという方法がある。そう友人が教えてくれた。防腐措置をすれば、お葬式を1週間ほど先延ばしすることができるという。それまでの7日間は自宅を開放し、訪ねてきた人がいつでもじきしんに会えるようにしたのだ。

「お通夜週間ね。24時間OKです」。優里さんが笑った。

じきしんが生まれ育った家は、明石駅から徒歩10分、明石港を見下ろすマンションの14階だ。

そこに祖父母、母の4人で暮らしていた。だが、交通事故にあって通院やリハビリの必要が出てきたので、母子は神戸市内のマンションに転居した。

中崎小にはJRに乗り、優里さんが車いすを押して約40分かけて通った。

優里さんには特技がある。部屋の飾り付けだ。膨大な写真と絵、メッセージボード、カラフルな旗や装飾品で埋め尽くし、殺風景な部屋を「じきしん空間」に変えてしまう。瀕死の状態で入院した病院の個室も、あっという間に飾り付け、医師や看護師を「パーティー会場みたい」と驚かせていた。

2人暮らしをしていた神戸のマンションの一室も、パーティー会場のようだった。そのど派手な1LDKの窓寄りに、じきしんのベッドがある。

お通夜週間が始まった2月17日。老若男女がひっきりなしに顔を見せた。じきしんが亡くなった日のことを優里さんがユーモアたっぷりに話すから、〝お通夜会場〟なのに笑い声が絶えない。

じきしんのおでこをなでたり、くせ毛を引っ張ったり。いつもと変わらない時間を過ごし「じゃあ、またね」と帰っていく。

初日だけで70人は訪れただろうか。日付が変わる直前、ようやくじきしんと優里さん2人だけの時間に戻った。

「ね、すごい子でしょ。黙って寝ているだけなのに、人を引きつける。4年前、交通事故に遭って『あと2、3日の命』とお医者さんに言われた時も、集中治療室は今日のように笑い声でいっぱいでした」

いつも走り回ってばかりいたサッカー少年。くるくるの栗色くせ毛がよく似合い、キッズモデルの審査に合格してファッションショーに出たこともある。まだ人生の歩みを始めたばかりの活発な少年に4年前、何が起きたのか。

私たちはそこから語り始めないといけない。

お通夜週間の１日、中学校の制服に袖を通した

交通事故
知らない人から電話「大変なことに」

■英会話教室へ通う途中、車が壁に激突

まだお正月気分に浸っていた２０１６年１月８日の午後。じきしんを乗せた車が交通事故を起こす。

運転手はじきしんの祖父＝当時（68）。お気に入りの英会話教室に通うため、週に一度、祖母（65）と一緒に車で１時間半ほどかけて丹波篠山市内まで送る途中だった。

車はハイエースを改造したキャンピングカー。祖母が助手席に、じきしんは後部座席にいた。

車は白い石畳で舗装された城下町のバス道を走っていた。そのとき、祖父の運転が突然、乱れた。

祖父は8年前、脳梗塞で倒れたことがある。一時はまひが残ったが、早期だったこともあり、リハビリで全快していた。ただ、再発を防ぐための薬を飲んでいた。じきしんを乗せた車が前方を走っていた車にぶつかった。「何してんの？」。驚いた祖母が運転席を見ると、祖父がうつろな目で「あぁ…」と声を漏らした。祖父はハンドルをやや右に切ると、急にスピードを上げた。体が前に倒れ、アクセルを強く踏んでしまったようだ。バス停に止まっていた路線バスのサイドミラーにぶつかり、そのまま猛スピードで直進した。

約100メートル先はT字路。行き止まりだ。3人を乗せた車はコンクリートの硬い壁に激突し、大破して止まった。

神戸市内の会社に勤めていた母、優里さんの携帯電話が鳴る。出たのは知らない高校生だった。

「あなたの家族が大変なことになっています！」

いたずら電話かな？ 状況を把握できずにいると、知らない女性がまた電話をかけてきた。

「大変なことになってるんよ。でも、こっちで何とかしてるから。任せて。あなたは心配いらないから。大丈夫やから」

携帯電話の奥から祖母のうめき声が聞こえた。

「じきしーん…、じきしーん…」

ここでじきしんが＝丹波篠山市内

救急搬送

外傷少なく、いつもの寝顔に見えた

■祖父は亡くなり、祖母も重症

２０１６年1月8日。日が落ちて2時間ほどが過ぎていた。

神戸市内の会社で仕事をしていた優里さんが、家族に起きた異変を理解したのは、篠山署の警察官が携帯電話に知らせてくれた一報だった。

じきしんと祖父、祖母を乗せた車が丹波篠山市内で事故を起こしたこと。現場に救急車とパトカーが急行したが、大破したキャンピングカーの運転席から運び出された祖父とじきしんには意識がなかったこと。

だが、祖母は意識があった。優里さんは、じきしんが救急搬送された兵庫県災害医療センター（神戸市中央区）に駆けつけた。

集中治療室のベッドに寝かされていたじきしんは、思ったよりも「普通」だっ

た。マンガに出てくるような包帯でぐるぐる巻きの姿を想像していたが、目立った外傷はない。顔もきれいだ。

いつもの寝顔に見えた。

搬送後、暴れたじきしんは鎮静剤を打たれた。その後、事故の衝撃による脳出血の血を抜く手術も無事終わり、あとは意識が回復するのを待つだけという。

「命に別条はない」との説明も受けた。

祖父（優里さんの実父）は西宮市内の病院で亡くなった。優里さんは、祖母（優里さんの実母）が搬送された尼崎市内の病院に向かった。肺が破裂し、右手首を複雑骨折する重傷だったが、意識はあった。病室で教えてくれた。

運転中、脳出血の症状で硬直していた祖父は、T字路の壁に猛スピードで激突する直前、動かない口で「ごめんな」とつぶやき、ハンドルを動かしたという。

そのおかげで車は運転席の方から壁にぶつかった。

「お父さんは、じきしんと私を助けようとしたと思う」と祖母は言った。

ふだんから人を責めたりしない優里さんだったが、この時もそうだった。

「命の恩人です」。心から父に感謝した。

後に、祖父がハンドルを少しだけ左に切っていたことが、ドライブレコーダーの映像で分かった。
事故から数日間、1人で父の葬儀と事務処理を済ませ、関係先に謝罪して回った。
ベッドの上のじきしんは、こんこんと眠り続けている。

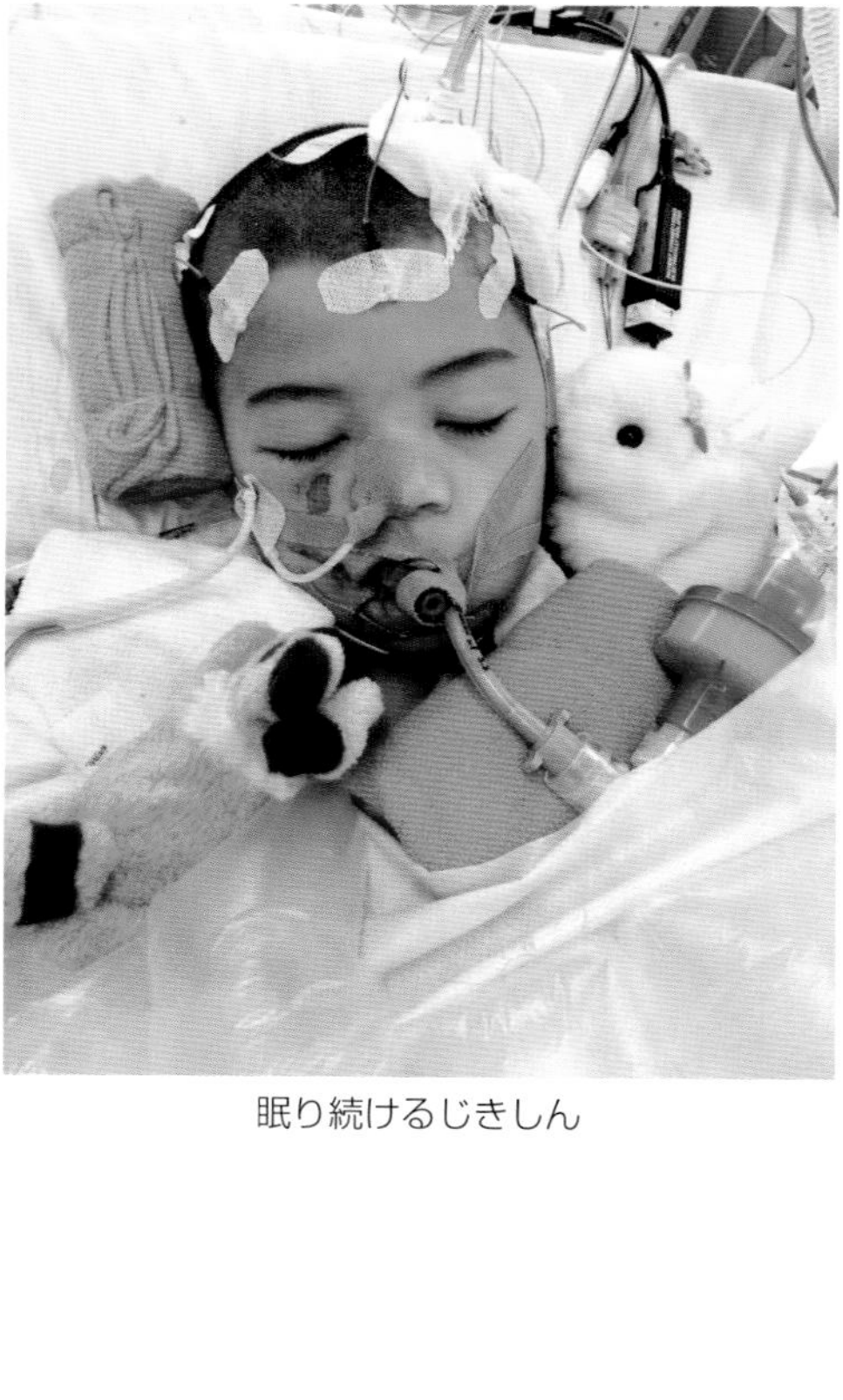

眠り続けるじきしん

臓器提供
じきしんはきっと、生きたいんだ

■人生で一番大切なことってなんだと思う？

お気に入りの英会話教室に行く途中、交通事故に遭ったじきしん。容体は安定し、あとは目を覚ますのを待つだけだった。

だが、事故から6日目、急変する。

2016年1月。搬送された兵庫県災害医療センターから母、優里さんに「すぐに来てください」と電話があった。

駆け付けた病院で説明を受ける。

「看護師が朝、見回りに行ったら瞳孔が開いていました。脳のCT検査をしたら、画像が真っ黒でした。脳波も平坦です」

医師は「ほぼ脳死に近い状態です」と告げた。

この物語は、じきしんの母、優里さんがどのような女性であるかが大事な鍵を握っている。

優里さんの生き方、考え方についてはこの先、書くことになる。今はただ、まだ幼いじきしんと優里さんが合言葉のように交わしていた言葉について触れるにとどめる。


「人生で一番大切なことってなんだと思う?」

「make people happy（みんなをハッピーにすること）だよね!」


米国に留学経験のある優里さんは、じきしんが1歳のときから日常会話はすべて英語で話していた。じきしんは、その言葉を気に入り、よく口にした。

だから、「脳死に近い」と告げられて優里さんがすぐに考えたのは、臓器提供のことだった。

医師は「余命は短くてあと2、3日。長くて100日です」と告げた。提供するなら早く決める必要がある。知らない誰かをハッピーにするために。

優里さんは大勢の知人に連絡し、「じきしんの脳に血が回らなくなりました。

会いに来てください」と伝えた。

中崎小学校の同級生と保護者、キャンプ仲間、ダンスや空手など習い事の友だち……。数人しか入れない集中治療室のベッドに人垣ができた。

20人ほどが列をつくることもあった。「じきし〜ん、早く起きろ〜」「『は〜い、ドッキリでした』とか言って目を覚ましそう」

もうすぐ死ぬって伝えているのに、みんな笑っている。

「こんなに楽しそうな人たちに囲まれて、じきしんはきっと、生きたいんだ」。

そんな考えがよぎったとき、優里さんの心にじきしんの声が届いた。

《優里ちゃん。いつも自分のことは自分で判断しろって言ってたのに、なんで今は優里ちゃんだけで決めようとしてるの》

3日目。母は思い直し、献身的に治療を続けてくれる医師に言った。

「先生、わがまま言っていいですか」

びっくり顔のじきしん

延命治療
メスで血圧上昇。「痛みを感じてる」

■「じきしんに毒された人」が集まる

じきしんの母、優里さんは延命治療をお願いした。どんなカタチでもいいからそばにいてほしい。

「make people happy（みんなをハッピーにすること）」が、この母子の合言葉だったと前に書いた。

その一番の早道は、まだ若いじきしんの健康な臓器を、難病で苦しむ人に提供することではないのか？

この問いが胸にあった優里さんは、ずっと後になって、じきしんが選んだ「make people happy」の意味を知る。

そのことを語るのはもう少し先になりそうだけど。

1カ月後、兵庫県災害医療センターのHCU（高度治療室）で眠るじきしんの気管を切開し、人工呼吸器が取り付けられた。

手術後、主治医がうれしそうな顔で優里さんに伝えた。

「お母さん、メスを入れた時、じきしん君の血圧がすっと上がったんです。彼、痛みを感じていたと思います」

丹波篠山市での事故以来、じきしんは一度も意識を回復していない。それなのに、瞳孔が開き、脳波もない少年が痛みを感じている？　やっぱり、じきしんには意識がある！

そう確信した優里さんに「スイッチ」が入る。

容体の安定したじきしんは、災害医療センターに隣接する神戸赤十字病院に転院した。その時から本格的に、自宅の部屋から大量のぬいぐるみ、写真、旗やらの装飾品を持ち込み、特技の飾り付けで病室をパーティールームに変えてしまった。

あっけにとられた医師や看護師たちだったが、次第にじきしんの病室は医療スタッフたちの「憩いの場」に変わっていく。

プールで

時間は4年後に飛ぶ。２０２０年2月13日、じきしんは12歳の生涯を閉じた。優里さんが設定した「お通夜週間」には入れ代わり立ち代わり、神戸赤十字病院の看護師ら30人が顔を見せた。

看護師にとって、退院した患者と関係を続けることは通常ない。精神的に負担になるし、切りがないからだ。

だが看護師の一人は「じきしんは特別。会えば私たちが元気になるから」と言った。

優里さんは、じきしんの周囲に集まる人々を、親しみを込めて「じきしんに毒された人」と呼ぶ。

その第一号は、医療スタッフたちだった。

退院

体の異変、自分でどうにかしてしまう

■医学では説明がつかないことが次々と

「脳死に近い状態」と診断されたじきしんは、人工呼吸器で生きている。心臓は自分の力で動いているが、肺は動かない。だから、酸素ボンベに換算して1日4リットルほどを人工圧で肺に届ける。

食事は、離乳食に似た栄養剤を1日2缶、長い管で胃に運ぶ。風味はイチゴ、コーヒー、バニラの3種類がある。

小便と大便はおむつで受け止める。自然に出ているときもあれば、母、優里さんの補助がいるときもある。

一日中、ベッドか車いすに寝たきりだが、若いからか、床ずれはできたことがない。唯一、自力で動く心臓が全身に血液を送るから、体は温かい。

次第に「安定期」に入ってきたじきしん。とはいえ通常は、体の循環機能が少しずつ低下し、容体は下降線をたどる。だが、じきしんには医学では説明のつかないことが次々に起きる。

その1。まだ初期の頃、頭に大きなこぶができた。手術で開けた頭蓋骨の穴から脳が溶け出しているようだった。日に日に大きくなったが1カ月ほどで止まり、小さくなってこぶは消えた。

そして、頭を指で押せば確認できた頭蓋骨の穴自体が分からなくなった。

その2。肛門が大きく開いていた。のぞくと奥は真っ黒だ。「壊死《えし》が始まっているかもしれない。本来なら開腹手術が必要ですが、新たな手術はしません。じきしん君の力に任せるしかありません」と医師は言った。

翌日、肛門はきゅっと閉まっていた。健康な男の子のように。

その3。顔色がおかしい。血中酸素濃度を測ると「エラー（計測不能）」と表示された。急きょ集中治療室へ。ストレッチャーで廊下を移動するとき、じきしんの右目から一筋の涙が流れた。事故後、初めてのことだった。

肺にたまっていた大量の痰《たん》を取り除き、容体は安定した。その頃、じきしんの目は、まぶたが開かないほどの目やにと充血に悩まされていたが、翌日には元気

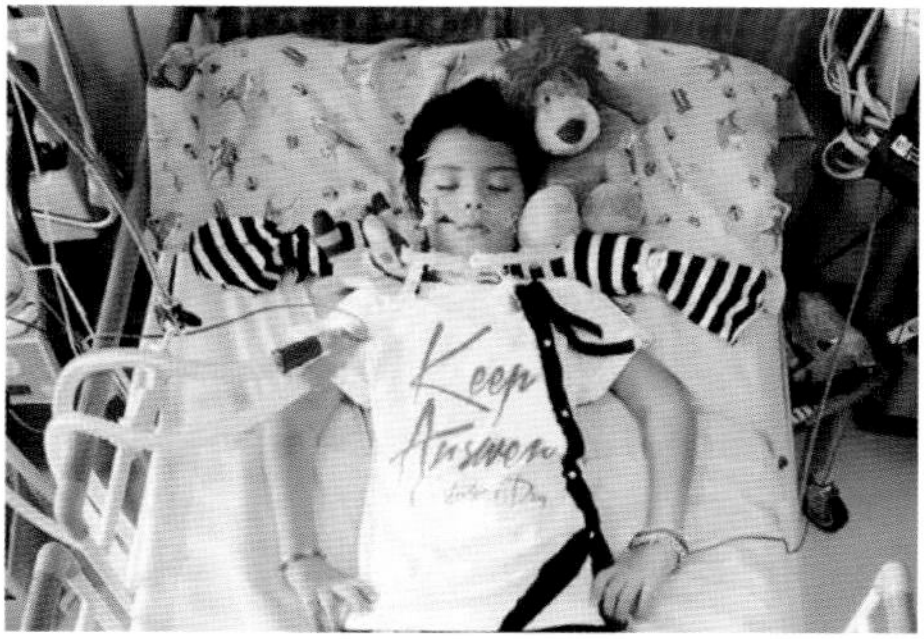

入院中のじきしん

な頃の澄んだ瞳に戻っていた。涙がすべてを洗い流したかのように。

「びっくりすることが何度も起こりました。でもそのたびに、結局じきしんが自分でどうにかしちゃうんですよ」と優里さんは笑う。

事故から半年後の2016年7月。じきしんは退院する。容体の急変に備えて神戸赤十字病院に近いマンションを借り、2人だけの生活が始まった。

主治医

脳波平坦、植物状態とはいえない

■いつか目を覚ますと信じた

人間の脳は主に三つに大別される。

一つは、感情や思考、言語などを司る大脳。もう一つは、運動や姿勢を調整する小脳。そして脳の最奥部にあるのが、呼吸や循環機能、意識の伝達など、生きていくために必要な働きを司る脳幹だ。

交通事故や脳卒中で脳が大きな損傷を受けたとき、昏睡状態を経て、人は主に次のいずれかの道を歩む。「回復」か「植物状態」か「脳死」だ。

では、「脳死に近い状態」と医師に診断されたじきしんは、どのような状態だったのだろう。

まず整理しなければいけないのは「植物状態」と「脳死」の違いだ。

植物状態は医学的には「遷延《せんえん》性意識障害」と呼ばれ、脳の広範囲が活動を停止しているが、生命維持に必要な脳幹は生きている状態のこと。自発呼吸と脳波があり、臨床の現場からは多数の回復例が報告されている。

有名なのがF1レーサーだったミハエル・シューマッハのケースだ。スキー中の事故で脳を損傷し、植物状態になったが、5カ月後に意識を回復し、リハビリ生活に入った。生命力の強い子どもの方が回復の可能性が高いとされ、5年後や10年後に意識を回復した例もあるという。

一方の脳死は、臓器移植を可能にするために定義された「法的な死」だ。脳幹を含め、脳全体の機能が失われた状態で、人工呼吸器などで一時的に心臓を動かしても、いずれ心停止に至る。

医学に知識のない私たちは、にわか勉強の結果、じきしんは「植物状態なのではないか」と思った。

だから、じきしんの周りに集まる人たちと同様に、「いつか目を覚ますのでは」と信じた。中崎小の同級生や習い事の仲間も「じきしん、早く起きろー」とよく声をかけていた。

神戸赤十字病院でじきしんの主治医になり、今は公立豊岡病院（豊岡市）に勤

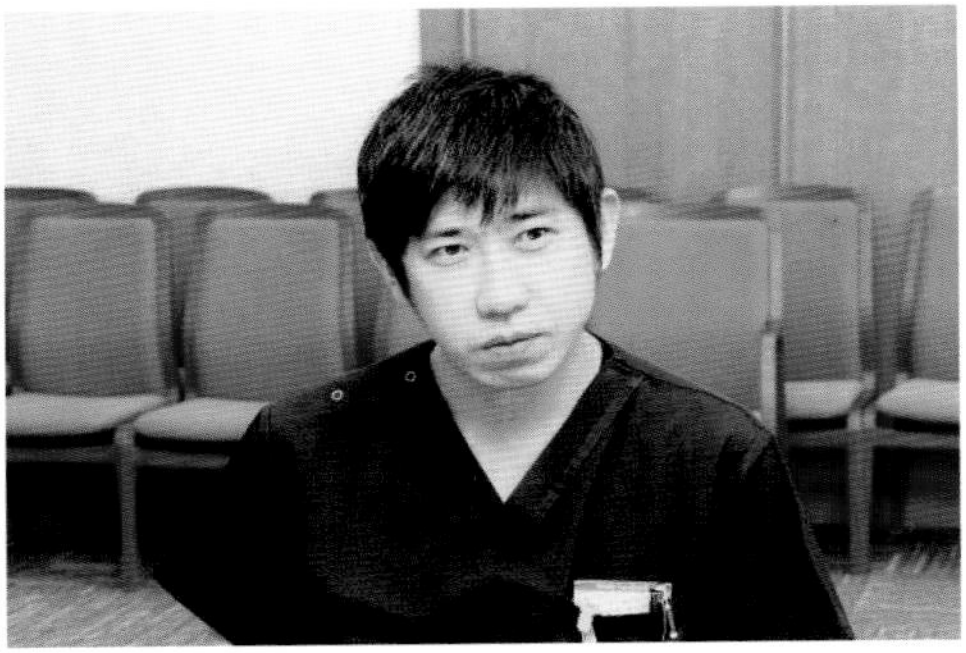

じきしんの主治医だった石井大嗣医師＝豊岡市

務する脳神経外科の石井大嗣医師（41）に尋ねた。
２０１９年秋のことだ。

事故の６日後に急変したじきしんに自発呼吸はなく、その後の検査でも脳波は平坦だったという。

「だから『植物状態』とはいえないのではないか。もし臓器提供のために脳死判定をしていたら、脳死とされただろう。だからやはり、『脳死に近い状態』としかいえないんです」と言った。

ただ、じきしんには脳の一部が生きているとしか思えない現象も起きていた。

ここでは、「通常は下降線をたどるはずの体の状態が、悪化するどころか元気になっているように見えるのは奇跡」と話す石井医師の言葉を紹介したい。

「やはり、お母さんの力ですかね」

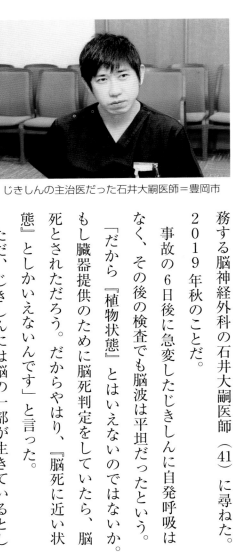

ミュージカル
これまで通り、何でも挑戦

■特別扱いを求めない　表現の方法はたくさんあった

じきしんが交通事故に遭って3カ月が過ぎた2016年春。退院後の生活を見すえ、神戸赤十字病院の近くにマンションを借りた母、優里さんは、ポストに投かんされた1枚のチラシに目がとまる。

《ミュージカル劇団員募集　演目「くるみ割り人形」　初心者大歓迎》

「わ、面白そう。人形の役なら、寝たままのじきしんでもできるかも……」

このとき、チャイコフスキーの三大バレエ「くるみ割り人形」に人形の役などないことを優里さんは知らない。

ただ、元気なときから落語や空手、日本舞踊など数々の習い事に挑戦してきた2人。人工呼吸器を装着する手術で血圧が上昇し、じきしんに「意識」があると確信していた優里さんに迷いはなかった。

「今まで通り、やりたいことをやっていこう。じきしんは単に、感じることを伝える手段がないだけ。私がその代わりをすればいい」

履歴書に熱意をびっしり書き、事故前と事故後の写真を添えて応募した。

書類を受け取った劇団「夢」サーカス代表の天野さおりさん（29）は、一番乗りの応募に喜びつつ、迷った。

「仲間に入ってほしいけど、どんな役ができるのか想像もできなかった」と打ち明ける。

だが、オーディションで「木の役でもいいです。何でもやります」と訴える優里さんに会って心が決まる。合格。

夢サーカスは、阪神・淡路大震災で傷ついた町の心の復興を願い、1998年に結成された劇団だ。震災遺児や児童養護施設の子どもたちも活動していたが、「脳死に近い状態」の男の子を受け入れるのは初めてだった。

しかし、心配は杞憂《きゆう》だった。公演前、週5回の練習に欠かさず参加し、「特別扱い」をまったく求めない2人の姿勢に、劇団自体が変わっていく。

ステージでは優里さんやほかの役者が車いすを押す。誰かと手をつないでじきしんの腕を空に突き上げたり、輪になったり、車いすで舞台を跳ねたり。工夫次第で、表現の方法はたくさんあった。

天野さんは話す。

「最初、私たちはじきしんを『助けてあげなくてはならない存在』と受け止めていました。でも、長い時間を一緒に過ごすうち、『してあげなくては』が消えて、私たちに元気をくれる存在になっていきました」

何事にも手を抜かない。特別を求めない。「障害？　何それ？」とでもいうように、好奇心のおもむくまま、何にでも挑戦してしまう。無言のじきしんが発信する「生のエネルギー」を、周囲は感じ取っていく。

仲間とミュージカルの舞台に

学校復帰

同級生全員が待ち構えていた

■前例のない挑戦のはじまり

交通事故で脳を損傷し、「脳死に近い状態」とされたじきしんは、事故から8カ月後の2016年9月、明石市立中崎小学校に復学する。

丹波篠山市の英会話教室に通う途中で事故に遭ったのは小学2年生の1月だった。だから3年生になって学校に行くのは初めてだ。

母の優里さんは緊張していた。じきしんが元気だった頃は仕事に一生懸命で、学校との関係はほとんどなかったからだ。

中崎小の同学年は2クラス、計43人。じきしんの入院中、同級生たちは手紙を書き、千羽鶴も届けてくれた。だが、学校や保護者の間では「あれだけ深刻な状態なのに、回復を願う千羽鶴を贈るのはかえって親子を傷つけるのではないか」という議論があったことも聞いていた。

寝たきりで、目も開けないし話もできないじきしんを連れて行っても大丈夫だろうか？　子どもたちは驚いたり、怖がったりしないだろうか？　寄ってきてくれなかったらどうしよう。

だがそれは取り越し苦労だった。

人工呼吸器がついた特製の車いすに乗ったじきしんと優里さんが学校に着くと、3年生全員が待ち構えていた。

「じきしん、日本人になってる！」

じきしんのシンボルマークは栗色のくせ毛だ。優里さんはそれを生かし、元気な頃はパーマのようなふわふわ頭で登校していた。キッズファッションショーでモデルをするほどの「イケメン」でもあった。

それがストレート気味になっている。頭の手術で丸坊主にした後、なぜか一時、直毛になったからだ。

「日本人になってる？　最初の言葉がそれかい！」。優里さんは噴き出しそうになった。そして確信した。この子たちなら大丈夫。

入院中、「早く元気になって。学校で待ってるよ」と何度も手紙をくれた子どもたち。「脳死に近い状態」という前例のない児童の復学を受け入れてくれた中崎小の先生たち。

2人の、そして学校の、前例のない〝挑戦〟が始まった。

公園でバンザイ

じきさん通信

感謝伝え、つながり広げる

■400人に送る、月1回の報告

2016年9月、中崎小学校に復学したじきしん。当時、校長だった近藤しのぶ先生(59)は事故直後から何度もお見舞いに通った。
「じきしん君は中崎小の一員だから。復学は本当にうれしかった。『車いすが重いならかつぐよ』と言ってくれた地域の人もいました」と振り返る。

学校になじめるだろうか。まだ小学3年生の同級生に息子の現状をどう伝えよう。考えた優里さんが始めたのが手書きの「じきさん通信」だ。

じきしんは「じきさん」の愛称で呼ばれていた。家族、先生、習い事の仲間もみんな「じきさん」と呼ぶ。本書では不特定多数の読者を想定し、直心という名前の読み方通り「じきしん」で統一した。優里さんの理解も得ているのだが、「ちょっと違和感が」という声もある。それだけ多くの人が親しみを込めて「じきさん」と呼ぶ。

さて、その「じきさん通信」。第1号に優里さんはこう書いた。

《みんな元気ですか。ぼくはまだ目をあけることができません。でも体は元気です。これからぼくのようすをみんなに「じきさん通信」でつたえていきたいと思います。お母さんがぼくのかわりに書いてくれることになりました》

《目がみえないのに映画館、車イスなのに電車にのりました。みんなびっくりしていましたが、お母さんは、耳が聞こえるから映画館、車イスでうごけるから電車だそうです。ぼくにはできることがまだいっぱいある。やってみなくちゃわからないから、できることをやってみるそうです。ぼくもそう思うので、がんばります》

発行はＡ４の用紙に月1回。日々の暮らしで感じたこと、習い事の様子を写真付きで報告する。ペンを握ると、じきしんが乗り移り、伝えたいこと、感謝の気

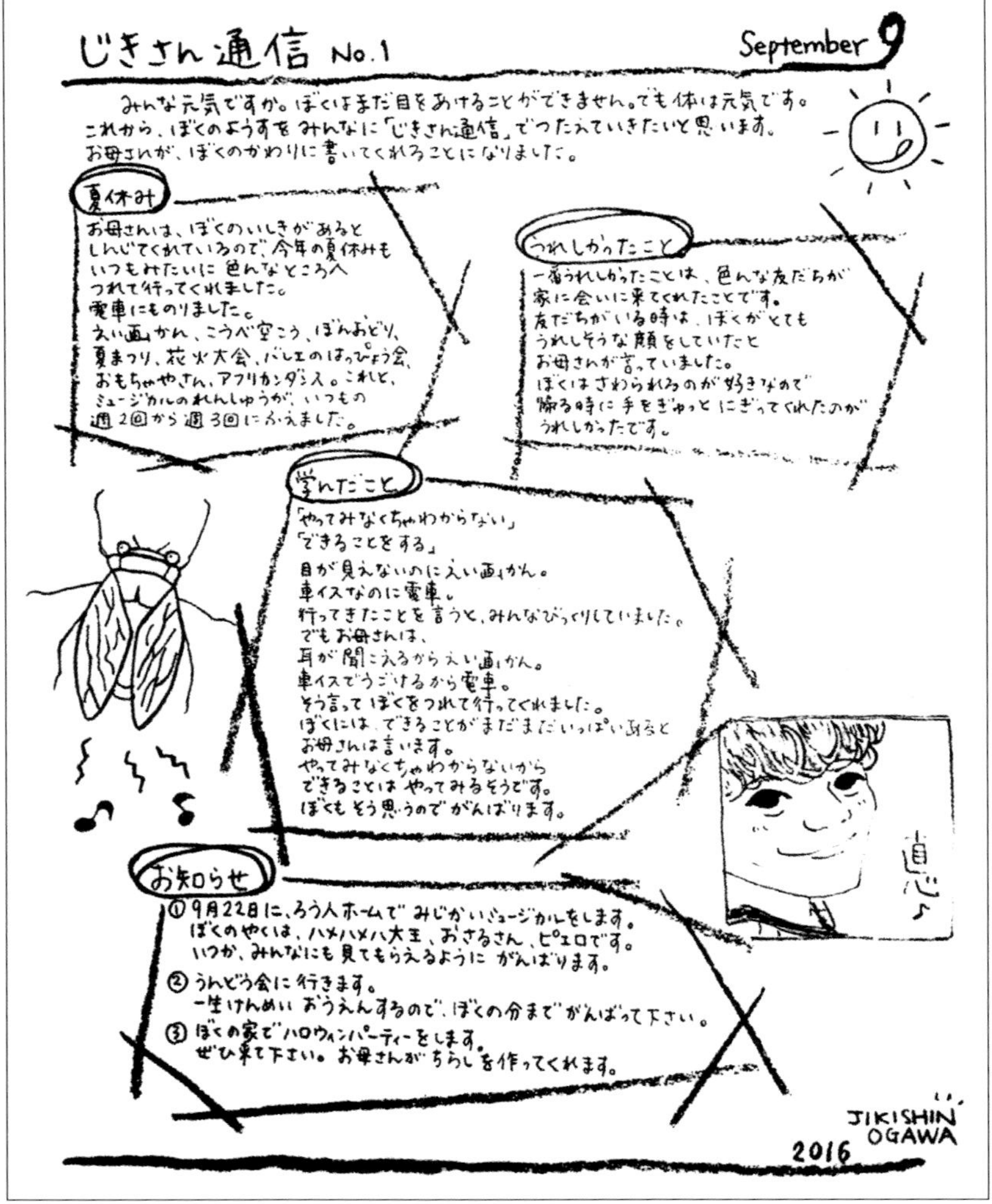
じきさん通信 No.1　September 9

みんな元気ですか。ぼくはまだ目をあけることができません。でも体は元気です。
これから、ぼくのようすをみんなに「じきさん通信」でつたえていきたいと思います。
お母さんが、ぼくのかわりに書いてくれることになりました。

夏休み

お母さんは、ぼくのいしきがあると
しんじてくれているので、今年の夏休みも
いつもみたいに色んなところへ
つれて行ってくれました。
電車にものりました。
えい画かん、こうべ空こう、ぼんおどり、
夏まつり、花火大会、バレエのはっぴょう会、
おもちゃやさん、アフリカンダンス。これと、
ミュージカルのれんしゅうが、いつもの
週2回から週3回にふえました。

うれしかったこと

一番うれしかったことは、色んな友だちが
家に会いに来てくれたことです。
友だちがいる時は、ぼくがとても
うれしそうな顔をしていたと
お母さんが言っていました。
ぼくはさわられるのが好きなので
帰る時に手をぎゅっとにぎってくれたのが
うれしかったです。

学んだこと

「やってみなくちゃわからない」
「できることをする」
目が見えないのにえい画かん。
車イスなのに電車。
行ってきたことを言うと、みんなびっくりしていました。
でもお母さんは、
耳が聞こえるからえい画かん。
車イスでうごけるから電車。
そう言ってぼくをつれて行ってくれました。
ぼくには、できることがまだまだいっぱいあると
お母さんは言います。
やってみなくちゃわからないから
できることはやってみるそうです。
ぼくもそう思うのでがんばります。

お知らせ

① 9月22日に、ろう人ホームでみじかいミュージカルをします。
ぼくのやくは、ハメハメハ大王、おさるさん、ピエロです。
いつか、みんなにも見てもらえるようにがんばります。
② うんどう会に行きます。
一生けんめいおうえんするので、ぼくの分までがんばって下さい。
③ ぼくの家でハロウィンパーティーをします。
ぜひ来て下さい。お母さんがちらしを作ってくれます。

JIKISHIN OGAWA
2016

「じきさん通信」第１号

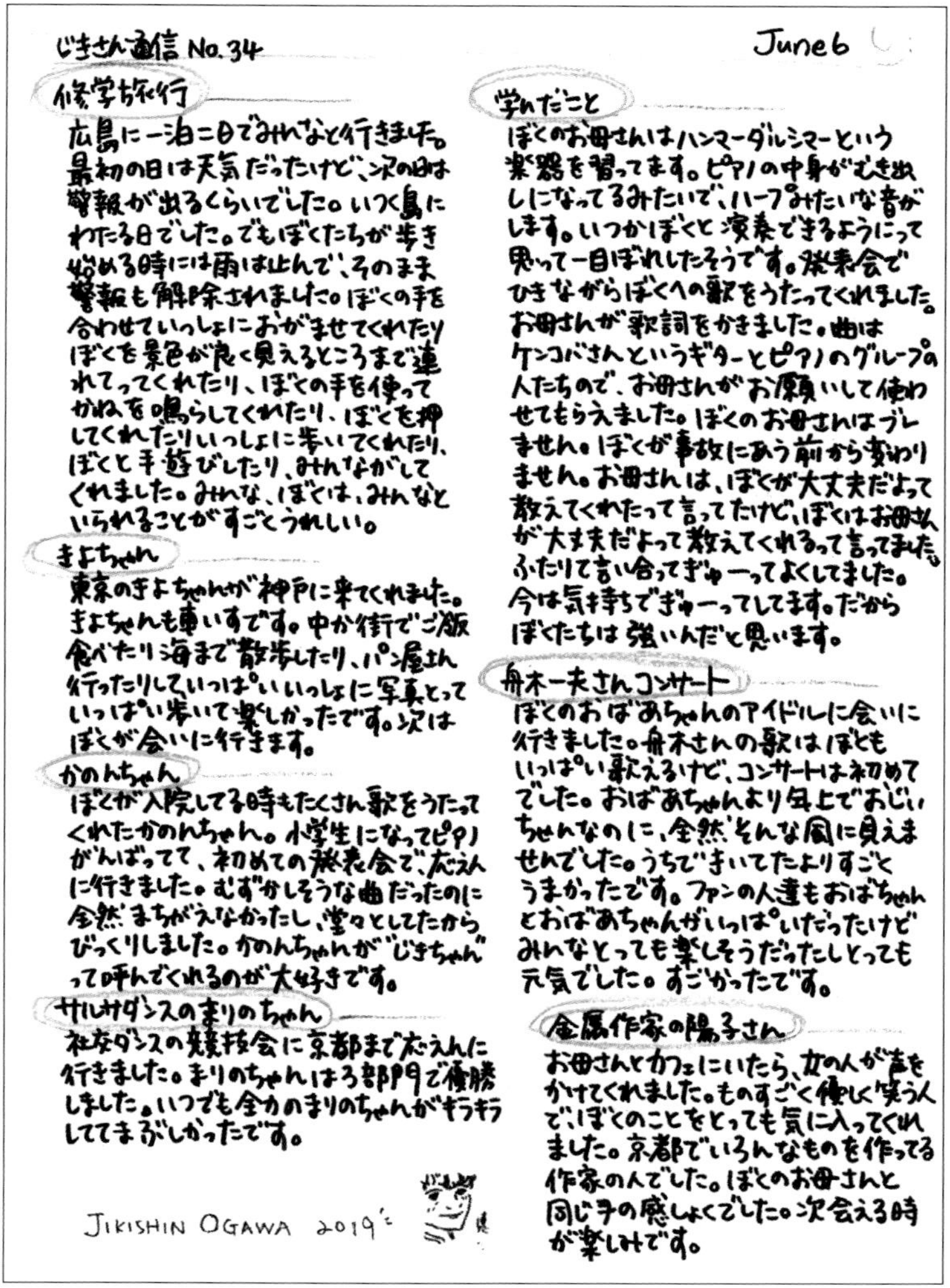

じきさん通信 No.34　June 6

修学旅行

広島に一泊二日でみんなと行きました。最初の日は天気だったけど、次の日は警報が出るくらいでした。いつく島にわたる日でした。でもぼくたちが歩き始める時には雨は止んで、そのまま警報も解除されました。ぼくの手を合わせていっしょにおがませてくれたりぼくを景色が良く見えるところまで連れてってくれたり、ぼくの手を使ってかねを鳴らしてくれたり、ぼくを押してくれたりいっしょに歩いてくれたり、ぼくと手遊びしたり、みんながしてくれました。みんな、ぼくは、みんなといられることがすごくうれしい。

きよちゃん

東京のきよちゃんが神戸に来てくれました。きよちゃんも車いすです。中か街でご飯食べたり海まで散歩したり、パン屋さん行ったりしていっぱいいっしょに写真とっていっぱい歩いて楽しかったです。次はぼくが会いに行きます。

かのんちゃん

ぼくが入院してる時もたくさん歌をうたってくれたかのんちゃん。小学生になってピアノがんばってて、初めての発表会で、応えんに行きました。むずかしそうな曲だったのに全然まちがえなかったし、堂々としてたからびっくりしました。かのんちゃんが"じきちゃん"って呼んでくれるのが大好きです。

サルサダンスのまりのちゃん

社交ダンスの競技会に京都まで応えんに行きました。まりのちゃんは3部門で優勝しました。いつでも全力のまりのちゃんがキラキラしててまぶしかったです。

学んだこと

ぼくのお母さんはハンマーダルシマーという楽器を習ってます。ピアノの中身がむき出しになってるみたいで、ハープみたいな音がします。いつかぼくと演奏できるようにって思って一目ぼれしたそうです。発表会でひきながらぼくへの歌をうたってくれました。お母さんが歌詞をかきました。曲はケンコバさんというギターとピアノのグループの人たちので、お母さんがお願いして使わせてもらえました。ぼくのお母さんはブレません。ぼくが事故にあう前から変わりません。お母さんは、ぼくが大丈夫だよって教えてくれたって言ってたけど、ぼくはお母さんが大丈夫だよって教えてくれるって言ってました。ふたりで言い合ってぎゅーってよくしてました。今は気持ちでぎゅーってしてます。だからぼくたちは強いんだと思います。

舟木一夫さんコンサート

ぼくのおばあちゃんのアイドルに会いに行きました。舟木さんの歌はぼくもいっぱい歌えるけど、コンサートは初めてでした。おばあちゃんより年上でおじいちゃんなのに、全然そんな風に見えませんでした。うちできいてたよりすごくうまかったです。ファンの人達もおばちゃんとおばあちゃんがいっぱいだったけどみんなとっても楽しそうだったしとっても元気でした。すごかったです。

金属作家の陽子さん

お母さんとカフェにいたら、女の人が声をかけてくれました。ものすごく優しく笑う人で、ぼくのことをとっても気に入ってくれました。京都でいろんなものを作ってる作家の人でした。ぼくのお母さんと同じ手の感しょくでした。次会える時が楽しみです。

JIKISHIN OGAWA 2019

第37号まで続いた

持ちがあふれ出す。枚数が増えることもよくあった。

「入院中に手紙をくれた同級生への返信のつもりだったんですけど、ほしいって言ってくれる人が増えちゃって」と優里さん。

じきしんに興味を持ってくれた人に手渡しやメールで送るようになった。その数、今や４００人。その中には病院でお世話になった医師や看護師、リハビリで仲良くなった療法士、転任してしまった先生らもいる。

一度できたつながりを大切にする。つながりをどんどん増やす。その輪の真ん中にじきしんがいる。そんな関係を優里さんはつくっていく。

狙っていたわけじゃなく、ごく自然に。

幼なじみ

「おれがゆりせを助けた」

■みんな公認の、彼氏と彼女

じきしんにはとても大切な友だちがいる。幼なじみのゆりせちゃん（12）だ。自宅が明石港に面したマンションの隣同士で、小学1年生から一緒に通学した。事故後はもっと仲良くなり、車いすを押して一緒にデートしたり、誕生日にプレゼント交換をしたりして、中崎小の先生や同級生も公認の「彼氏」「彼女」の間柄になった。

きょうは、ゆりせちゃんのことを語りたい。

「いつも走っていた」というのが、ゆりせちゃんにとって小学1、2年生の頃のじきしんの印象だ。運動神経抜群でわんぱくだけど、優しかった。

小学2年生の夏、ゆりせちゃんが風邪をこじらせて入院した。だが、事情を知

幼なじみと登校

らないじきしんは毎日、ゆりせちゃんのマンションに通い、不在が続くので心配して探し回った。入院を知ると、祖母にお願いしてお見舞いに行った。

それでも気が済まないのか、毎日のように明石駅近くの花屋さんで祖母と花を買い、マンションの扉の前に置いてくれた。

こんなこともあった。通学途中、横断歩道の真ん中でゆりせちゃんが転倒し、おでこから血が吹き出した。じきしんは彼女を抱きかかえ、歩道に避難させた。通学仲間の吾郎君（12）の父親が獣医師だったことを思い出し、2人で呼びに戻った。駆けつけた吾郎君のお父さんが救急車を呼ぶ。8針ぬうけがだった。

じきしんが学校まで走り、先生に「ゆりせが救急車で運ばれた」と伝えたから、先生もすぐ病院に駆けつけることができた。

じきしんは「おれがゆりせを助けた」と誇らしげにみんなに話した。ゆりせちゃんも「じきしんが助けてくれた」と思った。

朝は午前7時ごろゆりせちゃんを迎えに行く。早すぎるから、自宅にあげてもらうこともよくあった。

それからまもなく、あの事故が起きる。今度はゆりせちゃんが母親と病院に駆けつけた。一番乗りだった。

ゆりせちゃんの母、真美江さん（50）が教えてくれた。

「事故から3カ月ほどたった頃、ゆりせが何かを決意したような顔で『じきしんを守り隊』を友だちと結成した、というんです」

「それで私、聞いたんです。守るって、どうやって？　方法はいろいろあるよ」

守り隊

医者になって、じきしんを治す

■心の声でいつも話してる

「じきしんを守り隊」の結成を宣言したゆりせちゃんに、母の真美江さんは問いかけた。

「守る」にはいくつか方法があるよ。一つは看護師さんになること。じきしんの体が動くように手伝う介護士や理学療法士っていう仕事もある。あとはお医者さん。手術して治すことができるかもしれないし、じきしんが目を覚ますように研究する人になる方法もある。

ゆりせはどれ？

ゆりせちゃんは「医者になってじきしんを治す」と即答した。まだ小学3年生になったばかりだったが「あの日から本当に、変わりました」と真美江さんは目を丸くさせた。ママ友の優里さんに似て、活動的で表情豊かな女性だった。

ゆりせちゃんの決意は変わらなかった。バレーボールなど多くの習い事をこなし、6年生の運動会では赤組の応援団長を務めるほど活発だけど、こつこつと勉強に励んだ。

私立の進学校受験を目指し、2020年、合格した。だが、「脳死に近い状態」で1498日生き、一緒に中崎小を卒業するつもりだったじきしんは死んでしまった。

2月、「お通夜週間」に毎日のように顔を見せていたゆりせちゃんに「どうする?」と聞いた。

「じきしんが死んでしまったのは実感がわかないし、よく分からない」

隣のベッドに、冷たくなったじきしんがいる。連日70~80人が訪れ、にぎやかに笑い声をあげている。

医者になるんだっけ?

「うん。それは変わらん。じきしんを治してあげることはできなくなったけど、じきしんのように事故で眠ったままの人はたくさんいるだろうし、そんな人を助

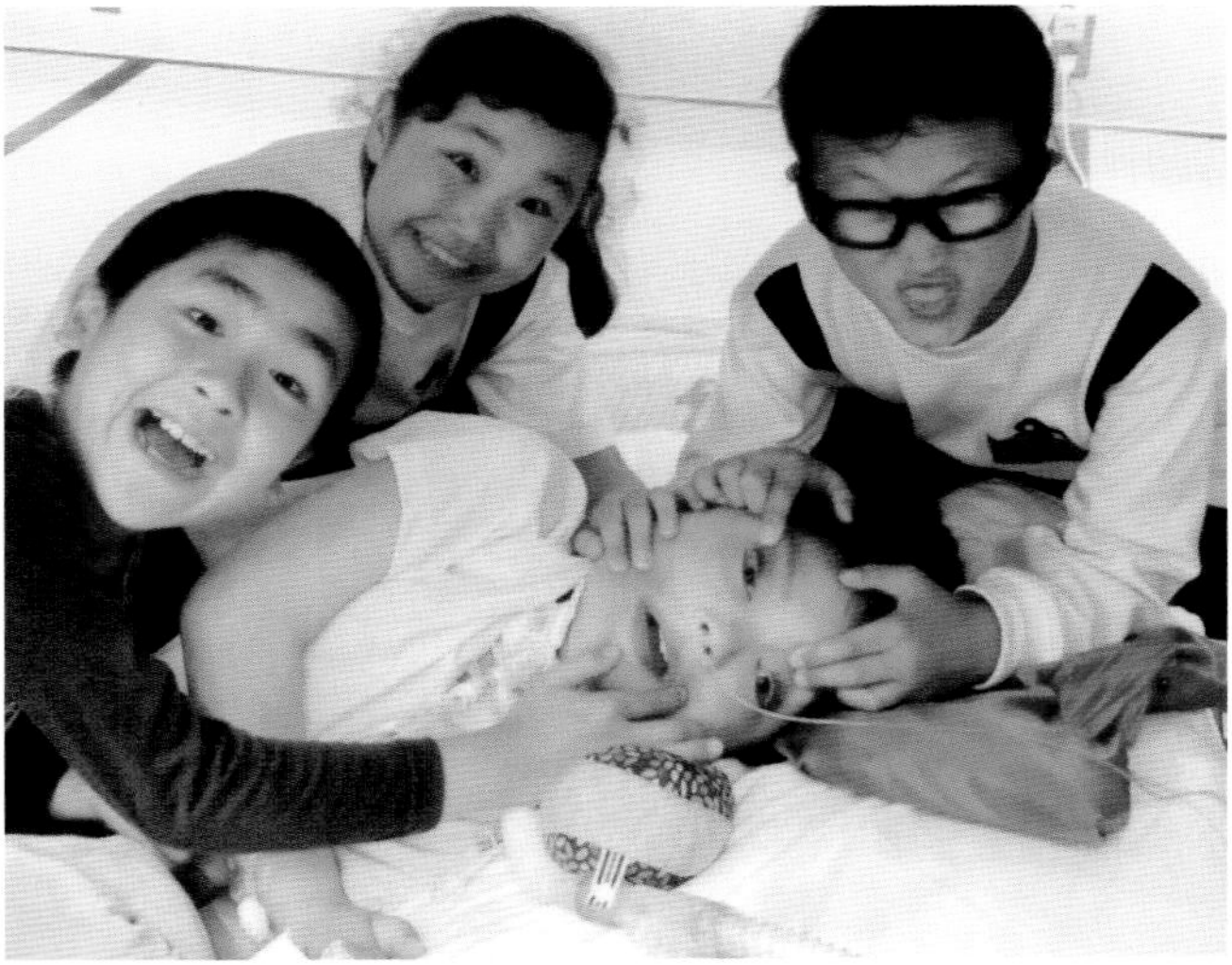

じきしん、目を開けろ〜

けてあげたい」

じきしんにプレゼントするから、と友だちと組み立てていたレゴブロックの手をとめ、教えてくれた。

「お通夜週間」には中崎小の友だちも連日、大勢やってきた。泊まっていく子もいた。今や同級生42人が「親友」だし、下級生にも友だちがたくさんいる。

そして驚くことがある。「重い障害の子を助ける」というような感覚で接している子が見当たらないことだ。

親友の一人、りょう君（12）が言った。「おれ、じきしんと話せるで。『心の声』でいつも話してる。みんなそうだと思う」

どんな話をしているのだろう。

自然学校

みんな加減を知っている。大丈夫

■金曜日の下校時は「大名行列」

3年生の2学期から明石市立中崎小学校に復学したじきしんだったが、参加するのは特別行事ぐらいだった。

「最初は私にも学校にも遠慮がありました。私も先生に負担をかけたくなかったし、学校も『人工呼吸器を付けているじきしんに何かあったら』という心配があったと思います」

そこに風穴を開けたのが、5年生になったときに着任した佐伯和樹校長（60）と担任の氏橋奏《かな》先生（27）だった。

「もっと学校に来ませんか?」。2人が誘う。だが、築40年近い中崎小の設計にバリアフリーの発想はなく、エレベーターもない。5年生の教室は3階だ。成長

いつも教室にいた「じきしんジュニア」を抱く
氏橋先生と佐伯校長

したじきしんを車いすごと運べば重さは60キロ以上になる。

親子でできることは最大限に、周囲を困らせることは最小限に、というのが母、優里さんの考えだ。多くの子どもたちと向き合う先生の時間を奪うわけにはいかない。

「では、図工は1階の特別教室です。どうですか?」と佐伯校長。

「いいんですか?」「もちろんです」。

優里さんの体に力がみなぎった。毎週金曜日、じきしんの登校が始まった。

子どもたちは容赦がない。いや、なくなったというべきだろう。きっかけは5年生の自然学校(4泊5日)だ。丸1日、じきしんといて、その「暮らし」を学ぶ絶好の機会になった。

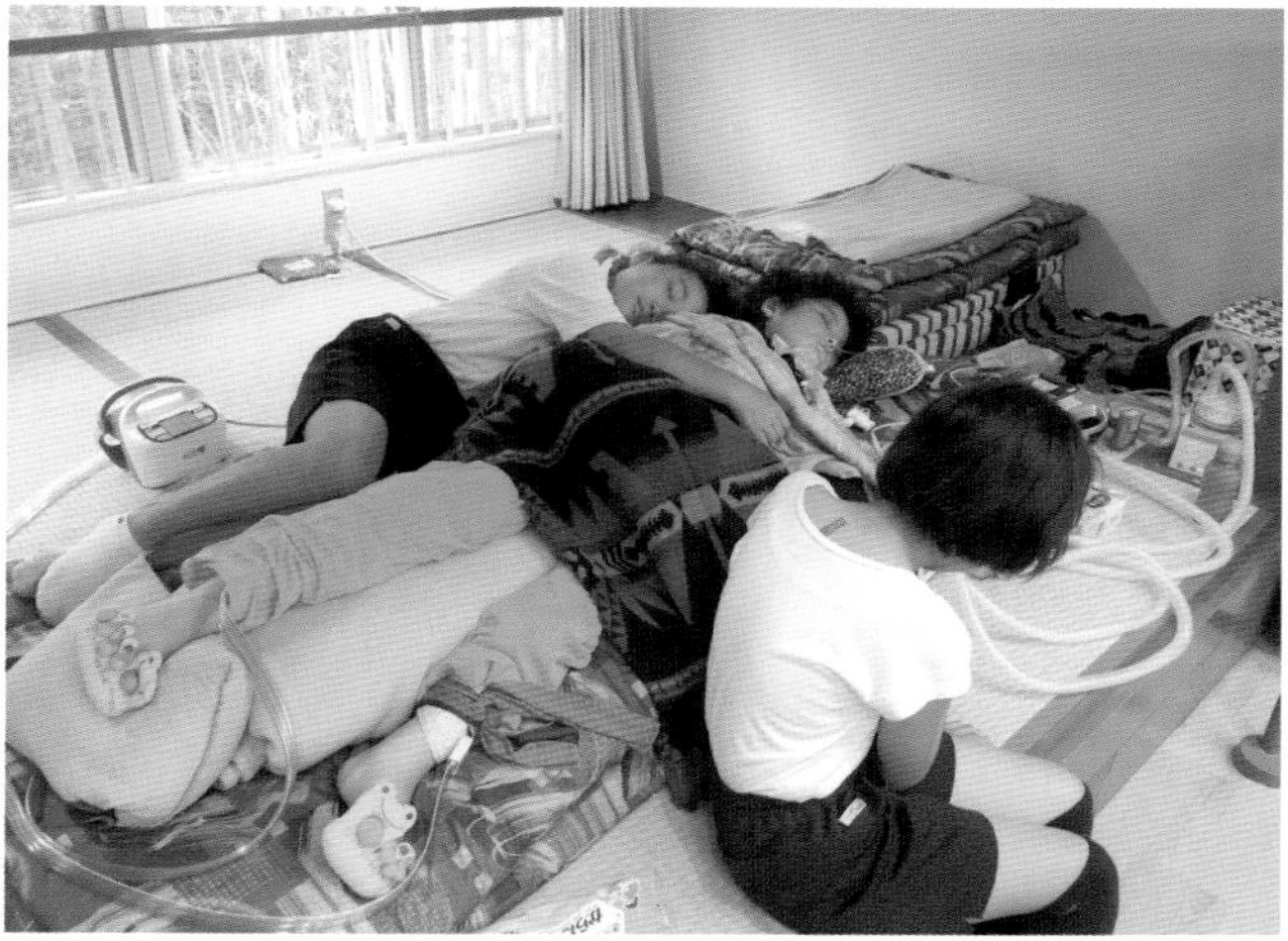

じきしんの「暮らし」に寄り添って

朝と夕、栄養剤の缶を注射器に移し、ビニールの管で胃に届ける。胸がごろごろ音を立てると痰《たん》を吸引する。シャワーも浴びる。

介助する優里さんの姿を見て「私にもやらして」「オレにも」と同級生が列をつくった。子どもたちはいつの間にか、人工呼吸器の仕組みや、機器の異常を知らせるアラームが鳴ったときの対処法まで覚えてしまった。

毎週金曜日の下校時はじきしんの「大名行列」のお通りだ。1年生から6年生まで、通学路が同じ10数人が代わる代わる車いすを押す。急回転し、じきしんが落ちそうになってもお構いなし。上半身に飛び乗り、車いす気分を楽しんでいる子もいる。

「いいの、いいの。みんな加減を知っているから大丈夫」と優里さん。

最初は様子をうかがっていた先生たちも変わっていく。

「この親子を支えるとか、教育の機会を提供するとか、そんな形式的な関わりではないんです。全力で生きている2人といると、私たちは学ぶことばっかり」

佐伯校長と氏橋先生が目を合わせ、うなずき合った。

修学旅行
平和の鐘、一緒に鳴らそう

■じきしんが特別なのではなく、みんなが特別

２０１９年６月。じきしんは中崎小の６年生と広島行きの新幹線「ひかり」に乗っている。小学生の最大行事、修学旅行が始まる。

いつもおしゃれなじきしんはスヌーピーの腕時計をつけてきた。仲良しのゆりせちゃんのリュックの肩ひもに、ペアで買った腕時計が揺れている。

この日のメインは平和学習だ。「みなさんには好きな人がいますか？」。広島で原爆を体験した講師の女性が語りかけた。

「大切な人と一瞬で別れが来たら。未来の楽しみが急に奪われたら。そんなことを考えたことはありますか？」

壮絶な被爆体験を真剣に聞く。一緒にいるじきしんの胸に、お気に入りのナマケモノのぬいぐるみが乗っている。スー、スー、という人工呼吸器の呼吸音に合わせ、ナマケモノが上下する。じきしんの鼓動のように。

「戦争では、ささいなことで生死が分かれました。偶然助かり、残された人たちは、それで喜んだでしょうか」

みんなが一斉に首を横に振った。

午後は班行動。じきしんの班は男女5人。弁当を広げようとベンチに腰を下ろした。班のリーダーは、サッカー仲間だった康太君（12）。ブロッコリーが苦手な康太君は「じきしーん、俺の代わりに食べてくれ～」と助けを求めた。

そう言いつつ、じきしんの口に放り込んだのはミニトマト。今のじきしんは食べられないが、元気な頃、ミニトマトが大好物だったと知っている。

他の班のメンバーもじきしんを見つけ、駆け寄ってくる。康太君が「最後に平和の鐘を鳴らすか」と提案すると、近くにいたクラスメートも賛成した。

鐘はコンクリートの階段の上にあった。「じきしん無理かなぁ」。「じゃあ、代わりにこいつを連れていこう」。じきしんの胸の上にいたナマケモノのぬいぐるみをつかみ、階段を駆け上がる。

ナマケモノに綱を握らせる。「せーの」。綱を引くが、息が合わず「コン」と小

せーの！

さい音が鳴った。

近くにいたおじいさんが手本を見せにきた。「君らそんなんじゃいかん。これは平和を祈る鐘だから」。そう言うと、勢いよく鐘をついてみせた。

よいしょ、という声が聞こえたかと思うと、先生たちが息を切らせながら、車いすをかついで階段を上ってきた。

「おー、じきしん来た！」「じきしんも入れてもう一回鳴らそう」

眠っているじきしんの手に綱を絡ませる。

「せーの！」

広島のまちに、さっきより大きな音で、ゴーンと鐘が響いた。


1日を一緒にすごした私たちは、じきしんがクラスの大事な一員であることを改めて知る。じきしんが特別なのではなく、みんなが特別。そのことを、じきしんを通じてみんなが実感している。

宿泊先のホテルに戻ったじきしんの顔は、日焼けで赤くなっていた。みんなの顔と同じように。

運動会

動と静、生と死が溶け合う時間

■準備から最後の片付けまでこなした

２０１９年９月。じきしんは真っ黒に日焼けしている。普段は週１回、図工のある金曜日だけの登校だったが、６年生最後の運動会に向け、連日練習に参加したからだ。

９月28日。待ちに待った本番がやってきた。天気予報は曇りのち雨だったけど、晴れ間ものぞいている。

白組になった６年２組の応援席では、幼なじみのママたちが体操服姿のじきしんを見つけ、顔を触っていく。中学生になった卒業生も「じきしん、久しぶり！」と寄ってきた。

最初の出番は紅白対抗リレーだ。レース前、クラス全員が円陣を組んだ。「あれ、じきしんがおらん」。誰かが叫ぶ。クラスメートがじきしんを見つけ、車いすを押して輪の真ん中にいれた。

「よし、いくぞ！　えいえい、おー」

じきしんは第1走者だ。20メートルほどのハンディをもらい、じきしんと半袖半ズボン姿の母、優里さんが身構える。号砲が鳴る。

車いすを押すというより、じきしんを風よけにして突進するように優里さんが駆けだす。速い。アスリートのようにきれいな走りでコース半ばまで独走だ。第2走者のりょう君（12）が、じきしんの腰と車いすの間にはさんであるバトンを引き抜き、駆けだす。練習通りの連携プレーだ。

昼休み。みんなで弁当を広げていると、同級生のあいりちゃん（12）とさらちゃん（12）が近づいてきた。「じきしん、おめでとう！　これあげる」

なんとこの日はじきしんの12歳の誕生日だった。2人は夏休みから計画を練り、こっそり手作りのプレゼントを用意していた。

演目の最後は5、6年生による組み体操。けがをする子が多いからと、昨年で最後になってしまったが、その機敏で激しい隊列の中にじきしんもいた。車いすの上で跳びはねている。

えいえい、おー

クライマックスは、ひざをついた児童が3段に重なってつくる明石海峡大橋。じきしんは一番下で仲間を支える役だ。ピッ、ピーッ。先生の笛で全員が顔を上げると拍手がわき起こった。

長い一日が終わる。準備から最後の片付けまで、同級生と同じようにこなしたじきしん。顔と服は砂まみれだし、激しい競技で体はもみくちゃになった。

帰り道。さすがに心配になって尋ねると、優里さんはいつもとは違う静かな表情で言った。

「もしね、みんなと一緒に楽しみながら死んじゃったとしたら、それはそれで、じきしん、幸せだと思うの」

こんなに楽しい一日を過ごしているのに、優里さんは常に、じきしんの急変を意識していた。

笑顔の中心にいながら、動と静、生と死が溶け合うような特別な時間を2人は過ごしている。だから、一日一日が輝いているのだ。

優里さん

信じること続けたら分かってくれる

■自分を見つめ、友達との接し方を変えた

「脳死に近い状態」のまま学校に通い、習い事などさまざまなチャレンジを続けたじきしん。眠ったままなのに、みんなに愛されることができたのは母、優里さんとの二人三脚があったからだ。

これまでに紹介したエピソードからなんとなくその人柄は伝わっているかもしれない。今回は優里さんという女性の明るさ、強さについて話したい。

優里さんは未婚のシングルマザーだ。じきしんの父にあたる人はブラジル人。妊娠が分かった時、すでに2人の関係は終わっており、1人で育てようと決めた。まるで苦渋の決断をしたかのようだが、実際はまったく逆。子どもを授かったと知り、大喜びした。

「すごくうれしかった。両親も孫ができるのは想定外だったので、一緒に喜んでくれました」

だけど、心配する友人はたくさんいた。優里さんと生まれてくる子の将来を案じて。

「私が産みたいから産む。もし困ることがあってもなんとかできる。私が今言ってること、必ずいつか分かってもらえるから」。友人にそう伝え続けた。

優里さんが自分の言葉を信じたのには理由がある。最初のきっかけは、小学生の頃にさかのぼる。

自衛隊員だった父は転勤が多く、優里さん一家は小学生時代を東京都で暮らした。足が速くて少し目立つ存在だったらしい。悪気なく、嫌がる言葉を友人にぶつけることもあった。

小学4年生のある日の休み時間。たくさんの女子に囲まれ、自分がしてきたことを言葉で責められた。

その時、泣きそうな優里さんをその場から救い出してくれたのは、優里さんから嫌がる言葉を受けていた別の女の子だった。

じきしんと優里さん

「私は友達を傷つけてたんだ。そして、傷つけられたのにその傷つけた私を助けてくれた友達がいる。私、変わらないといけない」

自分を見つめ直し、友達との接し方を変えた。時間はかかったけれど、クラスメートにも変化が現れた。

3年後、優里さん一家はアメリカに転勤する。たくさんの友人が空港に駆け付け、泣きながら別れを惜しんでくれた。

「今思うと、自分を信じてブレずに続けていれば、周りはいつか分かってくれる。そう信じる自分が積み重なり始めたのがこの時だったんだと思います。あんなにひどかった私が、誰かに大切に思ってもらえるまでに変われた。そこにはずっと友達がいてくれた」

この体験はその後、さまざまな局面を乗り越える力になる。少女から大人へ。優里さんの中にある「軸」が、多くの経験を経てさらに強くなっていく。

まばたき
ゆっくり動く。母の声に応えるように

■医学的には説明がつかない

未婚のシングルマザーとしてじきしんを産んだ優里さんは子育てをする上でいくつかのポリシーを持っていた。

一つは、母と子ではなく、一人の人間として接すること。母親として何かをさせた記憶はあまりなく、自分のことは自分で決めさせた。じきしんが「お母さん」ではなく「優里ちゃん」と呼んでいたのも、そんな接し方が影響している。

身の回りの「当たり前」を増やすことも大事にした。

じきしんが1歳の頃からすべての日常会話を英語にしたのも、外国語を特別なものにしたくなかったからだ。優里さんは10代の半分をアメリカで過ごした。じきしんが日本語で話しかけてきても、祖父母が日本語を使っても、当然のように

英語で話しかけた。

空手、キャンプ、落語、能……。じきしんがやりたいと言ったことは何でも挑戦させ、「当たり前」を増やした。

事故の後もたくさんのことに挑戦した。

人工呼吸器をつけた「脳死に近い」男の子が、海水浴や乗馬、運動会の組み体操を楽しむ。周囲は驚き、戸惑うこともあったが、いつも楽しそうな優里さんと、見事にやり遂げるじきしんに共感し、仲間になった。

「じきしんの人生は12年間だったけど、普通の3倍ぐらい濃い経験をしたと思う」と振り返る。

理解してもらえないこともあった。

「子どもを見せ物にしてる」「かわいそう」。新聞連載にも「お母さんの自己満足では」という声が寄せられた。

そんな厳しい意見を受け止めた上で、優里さんは傷つかない。「どんなことでも正直な気持ちをまっすぐ伝えてもらう方が私は好き。だからよかったです」

優里さんは「よかったこと」を見つけるのが得意なのだ。そして必ず思う。

「私たち幸せだね、じきしん」

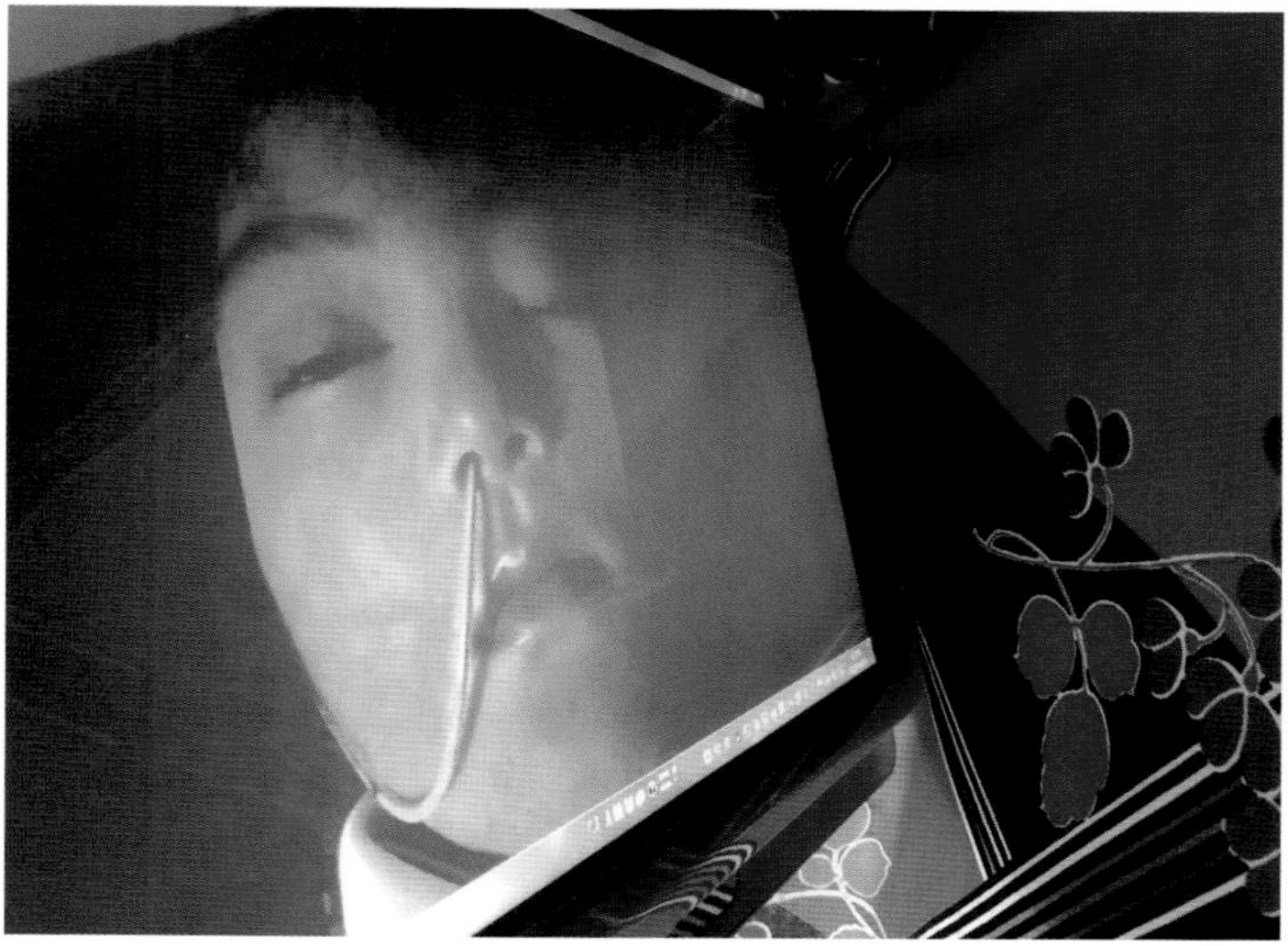

右目を開けるじきしん

事故から2年が過ぎた頃。じきしんは眼球をごろごろと動かしたり、まぶたをうっすら開いたりする時があった。これまで"には、まったくなかった動きだった。そのゆったりとした動きをスマートフォンの動画で見た元主治医は「生体反応による反射とも違う。医学的には説明がつかない」と驚いた。もしかして、何か伝えようとしている?

２０１９年秋。自宅でシャワーを浴びた後だ。いつも通り、こんこんと眠り続けるじきしんのまぶたが、また開いた。かつてないほど、はっきりと、ゆっくりと。何かの意志を秘めているかのように。

暗い部屋の中で、優里さんがささやく。

「I see you（見えてるよ）じきしん。I understand you（わかってるよ）」

まばたきは5分ほど続いた。

震えるような母の声に、精いっぱい答えるように。

急変

自分で決めるんだよ

■30分間、心臓が止まったら覚悟を

じきしんは毎日忙しい。手帳は外出予定でびっしりだ。月曜は手話教室と訪問看護。火曜はリハビリの後、車いすダンスで大阪へ。金曜は中崎小。さらに週に計4回、ミュージカルとカポエイラの練習。友人との食事やシャンソンのレッスンなど優里さんはどこへでもじきしんを連れて行く。

こんな日々がまだ続くと信じていた。4月には明石市立大蔵中学校に進学するため、念願だった詰め襟の学生服も注文した。

卒業式と入学式。楽しいことがいっぱいの春が来る。血液検査の数値も体調も事故後の4年間で一番よかった。

だが2月13日、事態は急変する。

その日は大蔵中の入学説明会だった。いつも通り、優里さんがじきしんの車いすを押して電車とバスを乗り継ぎ、大蔵中に着いた。だが、じきしんの顔色がおかしい。青白い。

いつも難局を2人で乗り越えてきた自負がある優里さんは、説明会をあきらめて自宅に戻ろうとした。そのとき、中崎小の佐伯和樹校長、担任の氏橋奏先生と偶然、鉢合わせた。

「お母さん、救急車を呼びましょう！」

優里さんはわれに返る。これは、私一人で対処できる状態じゃない。

救急車が駆け付けた。無線で搬送先を探すが、見つからない。

「神戸赤十字病院に連れて行ってください。小川直心って名前を伝えてもらえれば、分かってくれると思います」

優里さんがお願いした。

通常は子どもを受け入れていない神戸赤十字病院につながる。「じきしん君？受け入れます！」。4年前の交通事故で入院し、じきしんの状態を知り尽くしている病院が受け入れを決断してくれた。

笑顔のじきしん

川崎重工明石工場のヘリポートからドクターヘリに乗り換えた。プロペラが轟音をたてて浮上する。明石上空から神戸へ。眼下に明石海峡大橋が見下ろせる。どんなときも、じきしんの急変を覚悟していた優里さんは、とても落ち着いていた。そして思った。

「じきしん、飛行機に乗りたいって言ってたな。今、めっちゃ喜んでるんちゃう? ほら、優里ちゃん、僕、空飛んでる。すごいやろって」

屋上ヘリポートから集中治療室へ。「お母さん、30分間、心臓が止まったら覚悟してください」と医師が告げる。

どれぐらい時間がたったろう。心臓が止まる。

5分、10分、15分、20分、25分……。27分で再び、動き出す。

また奇跡を起こすのだろうか。自分の力で何度もピンチを乗り越えてきたじきしんだ。

「You decide（自分で決めるんだよ）、じきしん」

優里さんが耳元で優しく語りかける。

午後4時37分。心拍を示す電気信号が平坦になる。

じきしんが心臓を止めた。

旅立ちの祭典
こんな楽しそうな葬儀、見たことない

■会場はさながらパーティールーム

葬儀場とは思えない光景が広がっている。2020年2月24日、神戸市灘区のベルコシティホールなだ。1週間前の雨予報がうそのような青空だ。「じきしん旅立ちの祭典」が始まろうとしている。

防腐措置を施すエンバーミングという方法で「お通夜週間」が始まる前日のことだ。「普通のお葬式じゃなくてお祭りにしたい」という母、優里さんに、集まった友人らが提案した。

「旅立ちの祭典とか、どう?」「それ、いい。そうしよう」

祭典前日、ほぼ徹夜で準備したのはミュージカルの仲間たちだ。色紙と風船、写真で壁と天井を飾り付け、会場はいつものパーティールームに変身した。

ひつぎの中に

650人が旅立ちを見送った

喪服と香典は厳禁。じきしんのことを分かっているから、みんないつもよりカラフルな服でやってくる。ワニの着ぐるみの人もいる。

祭壇の前に、ひつぎに入ったじきしんがいる。献花用の花はどれもカラフルだ。悲しいはずの一日を思いっきり楽しもう、という空気が満ちている。

この光景を見た優里さんは確信した。

2人の合い言葉だった「make people happy（みんなをハッピーに）」。交通事故で脳死状態になり、臓器提供に気持ちが傾きかけていたとき、優里さんの心にじきしんの声が届いた。

「僕は生きたい」

事故直後なら、じきしんの命で難病に苦しむ誰かを助けることができる。それとは違う「make people happy」があるのだろうか？

延命を選んだのは、母の願いにすぎなかったのではないか。

だが今、じきしんにハッピーをもらった人たちが、じきしんに感謝を伝えるため、650人も詰めかけていた。

なぜ、眠ったままの男の子は周囲を元気にすることができたのだろう。私たちは今、こう思う。

脳死に近い状態になっても、元気に外を駆け回っていた頃と何一つ変わらず、優里さんと毎日を懸命に生きたじきしん。その姿を見て、周囲はこう感じないわけにはいかなかった。

命の価値を決めるのは自分自身。眠ったままでも、話せなくても、僕はこんなに楽しく生きているよ。みんな僕を見て。こんなにお母さんに愛されて、僕は本当に幸せなんだ。

じきしんが放つ「幸せオーラ」が、この日も会場いっぱいに満ちていた。たくさんの仲間がそれを支えている。

葬儀場のスタッフが戸惑ったような笑みを浮かべている。

「こんなお葬式、前例がありません。私たちが一番驚いているかもしれません」

スーパーヒーロー
あなたは私たちの太陽

■おまえの分までしっかり生きる。空から見守ってな

長い物語が終わろうとしている。私たちは、じきしんと優里さんが暮らした神戸市のマンションにいる。

じきしんの眠っていた大きなベッドはもうない。部屋を飾っていたたくさんのぬいぐるみも、形見分けとして中崎小を卒業した同級生や、習い事の仲間たちにプレゼントしてなくなった。

だが、がらんとした部屋に新たな楽しみが残された。段ボール箱に収まりきらないほどの手紙だ。「じきしん旅立ちの祭典」の参加を呼びかけるチラシに、優里さんはこう書いていた。

「香典はいりません。その代わりにじきしんへの手紙を書いてください」

眠るじきしんと優里さん

その一部を紹介したい。

《じきさんへ　じきさんと出会って今日お別れする日まで、私はじきさんからたくさんの勇気と元気と幸せをもらったよ。友だちに幸せを配ること、みんなで思い合うこと、何があってもあきらめず前を向くこと……。できないことなんてないんだって、いつも教えてくれたね。ありがとう。大好きだよ》

《じきしん君との出会いは災害医療センターから日赤への転院が決まったとき。小児で人工呼吸器をつけた患者さんは初めてだったのでとても不安でした。でも、じきしん君とお母さんにお会いして「大丈夫」と思いました。退院してからも修学旅行、運動会、乗馬、ミュージカルなどいろんな体験をしたね。その姿を見て「こんなこともできるんだ。私も頑張ろう」と元気をもらいました。じきしんパワーですね。すごい!!》

《じきさんとママのチャレンジにいつも勇気をもらっていました!》

《直さんはヒーローになるのが夢だったね。６年生の中ではじゅう分ヒーローになれていたよ。なぜかって？　事故にあっても戻ってきて、みんなの努力の見本になって、引っ張っていってくれたからだよ。直さんは私よりもたくさんの人とつながりがあって、友達がたくさんいたね。これからも心の中にいるから離ればなれじゃないよ》

《直さんがいると周りが明るくなってみんなが笑顔になったよ。目をつぶっていてもそんなパワーを持っている直さんはすごい。あきらめずに最後までがんばれる直さんと友達になれてよかった》

《じきさんが学校にきているときは、じきさん、じきさん！　とみんなあつまっていたね。みんなのにんきものだったね。あのときはとってもたのしかったと思う。わたしもにんきものになりたいな。うらやましいな》

《直心よくがんばったな。また直心とサッカーしたいな。おれはこれからもサッカーや勉強がんばっておまえの分までしっかり生きる。空から見守ってな》

《「スーパーヒーローじきさん」「スーパースターじきさん」。康太はいつもそう呼んでいるよ。じきさんは奇跡のかたまり！　じきさんは無敵！　私もそう思ってた。じきさんの心臓がとまった日、信じられなくて…。でもね、日がたって気持ちが落ち着いてきたころ思ったの。じきさんはずーっと一緒にいた。2年生で事故にあったあの時から。みんなの心の中に。私の心の中に。だから何も変わらない。

　これからも、じきさんはみんなの心の中ですごいパワーを与えてくれながら、生き続ける。あなたは私たちの太陽です！　勇気と優しさをありがとう》

　じきしんは、母、優里さんにも宿題を残した。

　旅立ちの祭典でのことだ。たくさんの笑顔に囲まれた優里さんの脳裏に、じきしんのいたずらっぽい笑顔が浮かんで、こんな声が聞こえてきた。

「あとは頼んだで。次は優里ちゃんがmake people happy（みんなをハッピーにするんやで」

生きなければ。このキラキラ輝く世界を生ききって、いつか胸を張ってじきしんに報告しよう。直心のカタチがなくなっても、直心とつながり続けてくれた人たちにたくさんのハッピーを届けたよ、と言えるように。

優里さんは今、そう決意している。

＊＊＊

じきしんが残してくれた宿題は、私たちの宿題にもなりました。

そして、じきしんが作ってくれた人の輪は、これからもっと広がっていきそうです。それは今後のお楽しみ。

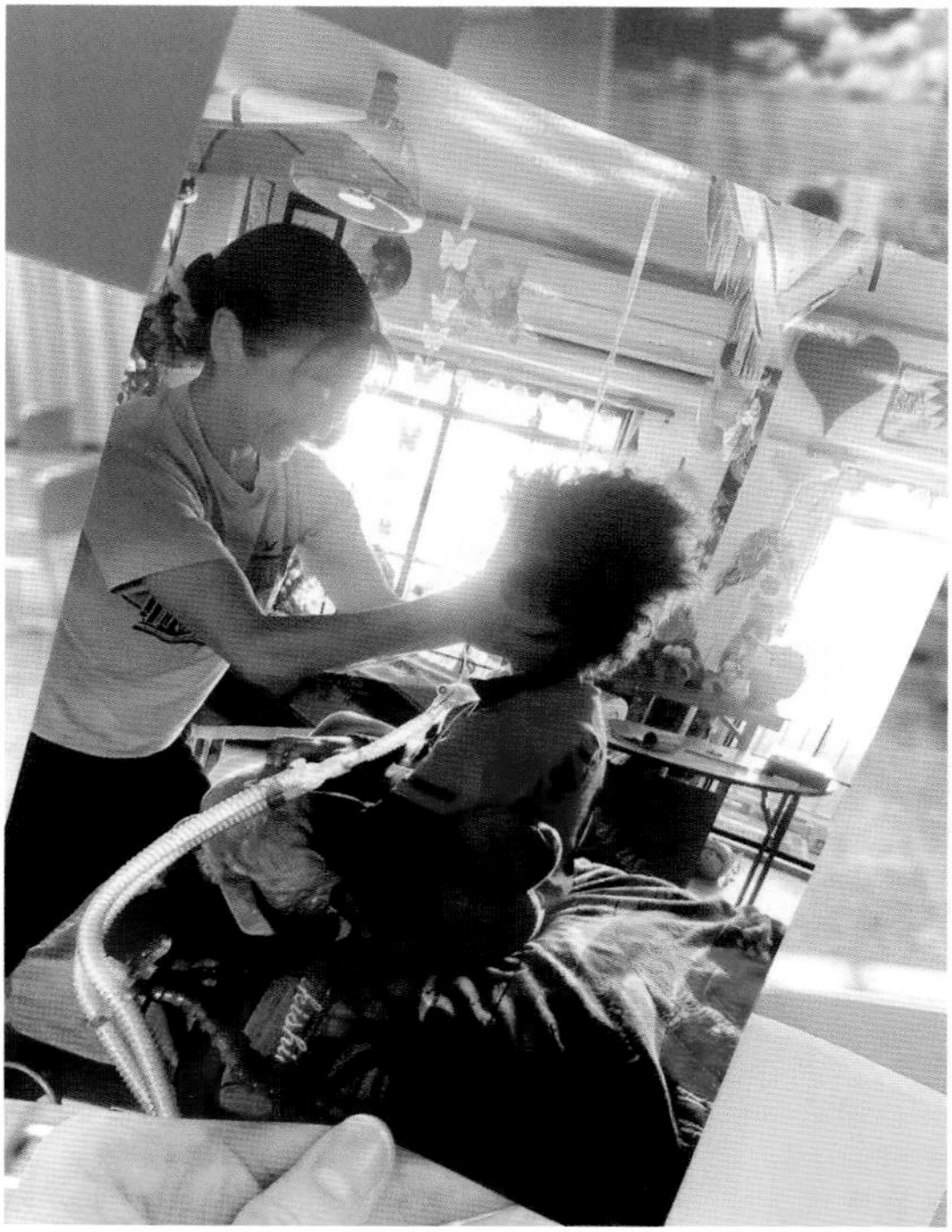

天国のじきさんと、この本を読んでくださった方々へ

小川　優里

■新聞連載のきっかけ

事故に遭ったじきさんには意識があって、それを表に出せないだけだから、彼ができないことは、できる私が代わりにしたらいいんだ！　そう気づいた私は、彼になりきっていろんなことをしました。

そのうちの一つが夏休みの宿題。ＭＯＡ美術展の応募作品として描いたじきさんの自画像を見て、当時中崎小学校の校長だった佐伯和樹先生がとても感動してくれました。「本人が実際描いたわけではないけれど、お母さんが直心くんの代わりに、彼が左利きだからといって自分の左手で描いたんです。この親子の素晴らしさをたくさんの人に知って欲しいんです！」と、じきさん通信を持って団体へ直談判に行ってくれました。

そして「特別展示としてなら」と言って受け入れてくれたＭＯＡ美術館の方が、

美術展の案内に行った先が神戸新聞の木村信行デスクでした。

直接会ってみたいと佐伯校長先生に依頼して小学校まで会いに来てくれたその日に、木村さんはじきさんに毒されました（笑）。事故前の彼のことも知りたいと言ってくれた木村さん。明石の街中を歩くじきさんと私を見つけると嬉しそうに寄ってきて、車椅子を押してくれました。

しかもその理由が「（押すのが）楽しそうだから」。別れ際の挨拶は決まって「直心またな！」とじきさんをポンポン。一つの記事ではなく、いつか連載にしたいと続けてくれていた彼の取材ノートは4冊以上！　彼のじきさんを知りたい想いがいっぱい詰まっています。

突然のじきさんの死に、明らかに呆然としていた木村さんを救ったのはきっとそのノートと、体が冷たくなっても存在していたじきさん。お通夜週間中、毎晩じきさんに会いに来てくれて、じきさんの側で取材をしたり記事を書いていました。

そして勝浦美香さん。この若くて可愛らしい記者さんとじきさんの出逢いは運命的でした。なんと事故後、じきさんの入院中に別の案件で取材してくれていたのです。明石で再会する3年前の話です。

19 明石
2020年(令和2年)3月21日 土曜日
眠りの森のじきしん
最後のお別れ

21 明石
2020年(令和2年)3月20日 金曜日
眠りの森のじきしん
みんなを笑顔に　直心《じきしん》の奇跡
話せない動けない、だけど輝いていた。
脳死に近い状態

神戸新聞明石版で始まった連載記事の一部

「直心くんのことはずっと覚えていました。でもまさか明石にいるなんて…」。この言葉に私もびっくりしました。じきさんのお友達一人ひとりへの取材もとにかく一生懸命。そして私への取材。6時間という時間を忘れるくらい、真っ直ぐな瞳で私の想いを引き出してくれました。

■泣き叫んだ日

じきさんが事故に遭って天国に旅立って……今日の今日までで、実は一度だけ泣き叫んだことがあります。事故から6日目、急変の知らせを明石で受けた私は車で病院へ向かいました。

電話では詳細を知ることができなかったので、頭の中は真っ白のまま…とにかく私が着いた時に、じきさんの手が冷たいのだけは嫌だとそれだけを考えていました。

そしてその気持ちがコントロールできなくなった時「お父さん！まだ連れて行かないで！もうすぐ着くから！お父さん！お父さん！」と運転しながら繰り返し泣き叫んでいました。後にも先にも、あんなに泣いたのも叫んだのもあの一度きりです。

でも泣き叫んでおいて良かった。じきさんは温かいままで待ってくれていました。

■じきさんへ

じきさんには何でも話してきたけど、じきさんが大人になってから話そうと思っていたことがいくつかあります。

優里ちゃんが思う大人は柔らかくて揺るがない軸のある人。だから優里ちゃんにとってじきさんはもう大人。やっと話す時がきました。

《アメリカにいた優里ちゃん》

優里ちゃんは中学校2年生の時にお父さんの仕事でアメリカに行きました。学校に行き始めてすぐ、みんなが「もういいわ！」って顔して構ってくれなくなりました。優里ちゃんが英語ができなくて黙っているだけだったからです。辛かったけど、どうしたらいいかわかりませんでした。そんな時嬉しいことが起きました。

アメリカでは教科別にそれぞれレベル分けされていて、学年関係なく自分が頑張れるレベルのクラスに入ります。日本から行った私は全教科一番下のレベルから始めたんだけど、数学の授業が足し算引き算だったの。優里ちゃん日本での成績は真ん中だったし、勉強なんて好きじゃなかったんだけど足し算引き算だったから100点が取れてね。何と人生初の100点満点！　嬉しかった！　でももっと嬉しいことが待っていました。周りのみんなが「すごーい！」「優里は英語ができないだけなんだ」って思い始めてくれたの。

私を見る目も話しかける言葉の感じも今までとは全く変わっていって私に興味を持ってくれるようになりました。その時の嬉しさが忘れられなくてずっと頑張り続けたの。先生がOKしたら上のクラスに上がれるから、どんどんレベルは上がっていったけど、いつの間にか頑張るのが当たり前になって、勉強が「しなきゃいけないこと」から「したいこと」に変わっていました。

それともう一つ、英語が話せなくても自分を表現できることがありました。そう！　運動！　優里ちゃんは運動大好きで、みんなに私を知ってほしくて頑張ったよ。そしたらチームのみんなが「優里は英語は話せないけど運動はできる」って思ってくれたの。これらの出来事があるなかで、日本でのことを思い出しました。いじめに気づいた私が変わったことで、そして揺るがない自分でい続けたことで、周りの友だちが私を受け入れてくれて大切な存在だと思わせてくれた。アメリカで言葉は通じなくても同じことが起こって私は確信したの、私次第だって。

お父さんの仕事でアメリカ国内で2回転校しました。最後の学校では3年間ホームステイをしました。私の中にはこの確信があったからどこに行っても大丈夫だった。時間はかかってもわかってもらえる時がくると知っていたから自分の心のままでい続けました。

見た目や中身、できることできないこと、したいことしたくないこと、することしないこと、そして感じることもみんな違って当たり前。だからこそ知りたいと思うし知って欲しいと思う。そしたら一緒に笑ったり悲しんだりすることができるようになって、もっともっとっていう気持ちが出てくるの。

分からないことは悪い方にしか考えられないでしょう。だからこそ本当のことがわかって誤解が解けた時の「だからかー!」の瞬間が優里ちゃんは大好き。自分が寂しい思いをした時の気持ちが忘れられないから、どんな人に会っても「私が好きなところが必ずあるはず!」と思ってその人を知りたくて仕方なくなる。

《優里ちゃんの恋》

じきさんに大切なゆりせちゃんがいたように、優里ちゃんにも同じような気持ちで大切に思っていた人たちがいます。

優里ちゃんの初チューの相手は黒人の男の子でした。時間を忘れてデートをしてたら帰りが遅くなって、ホストファーザーにほっぺたをひっぱたかれました。人生後にも先にも叩かれたのはこの一度きり。真剣に向き合ってくれていたホストファーザーが大好きでした。その彼と橋の下で別れ話をしていたらお巡りさんが来て、私にばかり質問をしてきました。お巡りさんは明らかに見た目だけで私が被害者だと決めつけていました。悲しかった。だから堂々と「別れ話をしてるだけです！」と伝えました。

そのあとハワイの男の子と6年半遠距離恋愛をしました。その彼は私をお姫様のように大切にしてくれました。そのお付き合いが終わりを迎えたのは、私に他に好きな子ができたから。優里ちゃんは初めて女の子を好きになりました。

彼女が女の子だからとか全く問題ではありませんでした。気づいたら好きになっていて、人としてとても魅力的で私の自慢でした。何も恥ずかしいことも後ろめたいこともなかったし、みんなに紹介しまくりました。会ってもらえたらわかってもらえる自信が大ありだったから。みんなもその子を好きになりました。幸せいっぱいでした。

その時私はまだ「絶対」は存在すると信じていました。でもそれから9年半後、私は間違っていたことに気づきます。彼女に他に好きな子ができたことを知り、私から別れを告げました。絶対続くと思っていた幸せが崩れました。

自分から別れたもののやっぱり寂しかった。寝不足になって職場に迷惑をかけたり交通事故も起こしました。そんな時出会ったのがじきさんのお父さんになる人です。

《じきさんのお父さん》

好きじゃない人とは基本、付き合わない主義だったけれど、11歳年下のブラジル人の男の子に、好きじゃなくてもいいから付き合って欲しいと言われて付き合い始めました。

同棲するようになって1カ月くらい経った頃、彼が「(優里の)前の彼女に会いに行って今は幸せだよって安心させてあげよう」と提案してくれました。彼女と再会して彼との幸せを伝えた日、優里ちゃんは彼を愛していこうと決めました。

その日に授かったのがじきさんです。

だからじきさんは幸せいっぱいのお父さんとお母さんの気持ちが詰まった子です。でも残念ながら彼とはやはり性格が合わず、別れてもらうことにしました。その半月後にじきさんがお腹の中に来てくれていたことが分かりました。とにかく嬉しかった。

いろんな反対はあったけれど、優里ちゃんは幸せになる自信がありました。だってワクワクしか感じなかったから。子どもと私がとにかく楽しく生きていたら周りのみんなもわかってくれる時が必ずくると信じていました。

不幸か幸せかは自分で決めることだし、周りや自分の置かれた状況が決めることではないとわかっていたから、不安なんて微塵も感じませんでした。そしてもちろん優里ちゃん大正解！　じきさんが生まれて来てくれて毎日が喜びと楽しみでしかありませんでした。

じきさんのお父さんにじきさんのことは伝えました。「今後一切関わって欲しくないけど、この子が大きくなって会いたいと思って会いに行った時に『この人がお父さんで良かった』と思えるような人になってること…その責任だけは問うよ」と、ちゃんと釘を刺しておきました。

事故に遭う前、一度だけじきさんからお父さんの話をしてきたことがあったね。「お父さんいる（必要）？」。どうしたのかと思って「お父さん欲しいの？　いないよ！　どんな人がいいかな〜探しに行こっか！」と言う私に少し乗り気だったじきさん。そこですかさず私。「でも優里ちゃんさ、一人の人しか愛せないんだなあ。だからお父さんが来たら優里ちゃんの愛はじきさんとお父さんで半分こね。じきさんはナンバーワンでもオンリーワンでもなくなっちゃうけどごめんね」。するとじきさんもすかさず「じゃあお父さんいらない！　ふたりだけがいいね！」。

それでも実はよっちゃん（祖父）は心配だったんだって。じきさんが本当は寂しい思いをしてるんじゃないかって。でもある日、じきさんとお友だちが話してるのを聞いて大丈夫だって確信したそうです。お友だちが「お父さんいなくてかわいそうやな」って言ったのに対して、じきさんが「何で？」って真顔で聞き返したからだよ。

じきさんが事故に遭ったことも亡くなったことも、じきさんのお父さんには伝えていません。今どこにいるのかも知りません。彼が知る時がきたらその時が知るべき時なんだと思う。それでいいと思っています。

これで全部！　そして、じきさん…優里ちゃんを選んでくれてありがとう！

■じきさん'sエピソード

《喧嘩するほど仲が良い》

じきさんと初めて行った小学校の夏まつり。1年生の割に大きかったじきさんが、自分よりも小さい子にボコボコにされている光景が目に入りました。

彼は劣勢でとうとう地面にうずくまってしまいました。それでも相手の子は殴る蹴るをやめません。最後に大きいパンチを喰らわされ半べそで一人残されました。するとどうするのかなあと思って見ていた私に走り寄って来ました。「どうしたん？　なんかしたん？　されたん？」と訊くと、じきさんが歯を食いしばって言った言葉は一つだけ。

「ケンカするほど仲がいい…」。私は「Oh,yeah」とだけ返しました。5分後「遊んでくる」といなくなり、あのボコボコにされた男の子と楽しそうに追いかけっこをしていました。

《命知らずのターザン》

山登りに行った時のこと。暑い暑いと言って登りながら一枚ずつ服を脱ぎ出し、とうとうパンツ一丁になりました。それでもあいも変わらず走り回るじきさんを見て、近くを歩いていた大学生のおにいちゃんたちが、可愛いかっこいいと絶賛。調子に乗ったじきさんはますますヒートアップ。一本道を先へ先へと進みました。しばらくして、岩場の細い下り坂で人影が…じきさんでした。

私のそばまで来ると火がついたように泣き出しました。なんと頭から岩場を滑り落ちたと言います。体は血だらけ。泣かずに隠れて私を待っていたそうです。

彼の元気のバロメーターは楽しいことに反応するかどうか。おぶって下山しながら声を掛けて興味を惹いてみると3回目で反応。地面に下ろすとまた走り出し、麓の公園では鉄棒遊び。同行していたお友だちには「じきさんは何するか分からないから怖い」と言われる始末。それでも野生児の彼が私は大好きだったので「いい！ いい！ 何かあったら私がなんとかしてあげる！」と豪語していました。

その時の一言が試される日が来るとは想像もしていませんでしたけど。

《日本語でも英語でもない「じきさん語」》

じきさんに英語を喋れるようになって欲しいと思ったことはありません。でも特別なものとも思って欲しくなかったので、1歳の時から英語で話しかけ始めました。

私以外はもちろん日本語なので、彼が話す言葉の大半は日本語でした。それでも私は当たり前のように英語で話し続けました。

ある日じきさんと祖母が大きな声で言い合いをしていました。「今日はなんでいって聞いてるやん！」そう言うじきさんに「なんでなんでって何のことか言わなきゃ分からないでしょ！」と返す祖母。いつまでたっても平行線です。ですがよくよく聞いてみると実は「今日は何ｄａｙ（曜日）？」と訊いていたのです。子どもの脳の柔軟さユニークさに感心しました。

その後もじきさん語は生まれ続け、私の「That's not the point!」に張り切って「ポインッ（point）やでっ！」と主張することも。小学校に入ってからやっと私が英語を喋る日本人ということに気づいたらしく、私に「優里ちゃんはじきさんの英語の先生な！　で、じきさんは優里ちゃんの日本語の先生！　優里ちゃんの日本語変やで！」と得意げに言う彼が可愛くて仕方ありませんでした。

《ドンのじきさん》

事故後、どこに行っても、じきさんの上にはお友だちが覆いかぶさるか乗っかるか…。

じきさんを事故前から知っている子も後からしか知らない子もみんな同じ。何も言わない、目も開けない、体も動かない、一見そこにいるだけのじきさん。でもいることが全てだったのです。

あったかい、やわらかい、落ち着く、かわいい、かっこいい、オシャレ…時には「いいな」と羨ましがられ触られまくる毎日。そして「いつまで寝てるねん！早く起きろ！」と頭を叩かれることも。

じきさんの周りには〝かわいそうオーラ〟が全く存在していませんでした。

《体がなくなっても》

小学校中のみんながじきさんを知ってくれていました。ある日、じきさんの車椅子を、預けていた学校から引き取り歩いて帰ろうとしていると、可愛い女の子たちが駆け寄って来てくれました。

座席に置いたじきさんの写真を見て、嬉しそうに写真のじきさんに声を掛けてお話が始まりました。「みんなでイケメンって言ってるねん」「やっぱり可愛い」と言いながら写真やぬいぐるみを触ってくれました。終いに「お腹空いてるかな？」と言ってお菓子を写真の口元に当ててた彼女たち。

「直心くん、何が好きかな？　絵描いてきてあげる！」そう言ってくれた数日後、祖母宅のポストに可愛い絵のお手紙が2通投函されていました。

体があるないにかかわらず、じきさんの存在を感じ続けてくれているみんなに感動した出来事の一つです。

■じきさんが旅立った後にわかったこと

《じきさんの目論見》

じきさんが亡くなってお通夜週間を迎えていたあたりから、じきさんが実はこの4年の間にしっかり make people happy をしていたことに気づき始め、彼の凄さを実感しましたが、旅立ちの祭典を迎えた月から今日までの間に、新たに彼の偉業に毎日びっくりしている私がいます。

しばらくは定職につくつもりのなかった私に、旅立ちの祭典からまだ日も浅いある日、以前勤めていた会社から復帰のお誘いが舞い込みました。八十島プロシードという素晴らしい会社です。

何が素晴らしいって、技術もさることながら人が素晴らしい。事故当時、一人で全てに立ち向かう私を友だちと同じように、時には友だち以上にずっと支えてくれました。

だから私は一人ではありませんでした。その会社の会長と社長が「戻って来てくれへんか？　あんたが英語ができるから戻って来て欲しいんとちゃうで。あんたの心根が好きやねん。あんたと働いたらみんなが happy になる」と言って復職を勧めてくれたのです。

思いがけない言葉にびっくりするやら嬉しいやら困惑状態の私に会長が一言。「彼（じきさん）やで」。私も、ああそうだな……と思いました。「疲れた」という感情をあんまり感じたことがない私。じきさんとの4年間では思ったこともありません。その私がじきさんが旅立ってからすぐの時は疲れたと感じることがあり、気づいたら口にしていることもありました。

私はじきさんが私の許に来てくれた時から、じきさんが自分でキラキラ光れるようになるにはどうしたらいいか……それだけを考えて楽しんで生きてきました。

そのじきさんは今、私の、そしてみんなの心の中でキラキラ輝き続けています。私の予想を遥かに超えた速さと輝きで光り続けている彼を感じながら、私はこれからなんのために生きるのかを考える日々が続きました。

じきさんと同じように私もやり切った気持ちでいっぱいだったので、私の中の欲が何も湧いてこなくなっていました。ですが、そんなこともじきさんはきっと見越してくれていたんだと思います。

4年間、せっせと多くの人たちとの絆を保ち続け、呼び寄せ、築き上げ続けてくれていたのだと気づきました。私が前に進みたくなるように。

じきさんと私は、応援してもらったり求められると嬉しくて頑張るタイプの典型です。今回の復帰のお誘いは私が前へ進む第一歩になりました。

そして私が今一番欲しいもの……それは、じきさんからの big hug です。「優里ちゃん よお頑張ったな!」って褒めて欲しい。

でも今の私のままじゃ褒めてもらえないので、もう一度、今度はじきさんと二人三脚ではなく、一心同体で生ききろうと思っています。

先日、山に向かって走る短い車両の電車に乗りました。窓から緑いっぱいの景色が目に入ってきた時、素敵なことに気づきました。遠距離恋愛です。

じきさんと私は遠距離恋愛をしているのと同じなんだと気づきました。今会えないだけで、会えなくても愛して愛されていることに自信があるし、大切にしてもらえてる実感もある。

いつも想ってもらえている安心感もある。必ず会える時が来る。じきさんが両手を広げて待っているキラキラしたゴールに向かって毎日が過ぎていく。そう思ったらワクワクしてきました。そんな風に感じている今の私…これ、全てじきさんの目論見通りなんだと思います。

最後に、この本を手にして下さった皆さんが、じきさんの毒に触れて少しでも笑顔になってくれたら嬉しいです。じきさんに興味を持って下さって、心いっぱい、ありがとうございました！

２０２０年９月

本書は、2020年3月20日～4月12日まで、神戸新聞明石版に連載された記事に加筆し、単行本化したものです。取材、執筆は木村信行と勝浦美香が担当しました。
登場人物の年齢や所属等は、連載当時のままです。

じきしん いのちの物語《ものがたり》

2020年11月30日 第1刷発行

編 者 神戸新聞明石総局《こうべしんぶんあかしそうきょく》
発行者 吉村 一男
発行所 神戸新聞総合出版センター
〒650-0044 神戸市中央区東川崎町1-5-7
TEL 078-362-7140 ／ FAX 078-361-7552
https://kobe-yomitai.jp/
印 刷 株式会社 神戸新聞総合印刷

ISBN978-4-343-01095-7 C0095